小学館文庫

妓楼の龍は帰らない

華国花街鬼譚

霜月りつ

JN151885

小学館

華国花街鬼譚

第一話　怜景の妹

序

華《ファ》国の首府、華京府《ファジンフ》の北に高い壁に囲まれた街がある。

街の名は伽蘭《ガラン》街。ここは夜ともなればさまざまな男女が集い、夢を見て愛を囁《ささや》き、酒を酌み交わす花街、色街。

高い壁の上には赤い提灯《ランタン》があり、夕刻には灯子《トウシ》と呼ばれる火を入れる子供たちが走り回って周囲を明るく照らす。だが昼間の灰色の壁は、冷たく見えるほどだ。

太陽が真上に昇る頃、伽蘭街の紫燕楼《シエンロウ》でようやく妓夫《ぎふ》たちが目覚めはじめる。

紫燕楼は男だけの楼閣。女客を相手にする妓夫は隼夫《スンフー》と呼ばれ、男客を相手にする妓夫は鶯子《インズー》と呼ばれている。

その隼夫の中で一番の売れっ子が、今、寝台で大あくびをしている怜景《レイケイ》だった。

「レーケー、オキタ、レーケー、オキタ」

黄色いインコが窓辺と怜景の寝台を行ったり来たりしながらわめく。ひとしきり怜景の周りを回ると、窓辺の主人の下へ飛んで行った。

「おはよう、怜景」

窓辺に座るのは同室の蒼薇《ソウビ》。彼は客をとらない妓夫で、祓霊と称してご婦人方の悩みの相談《カウンセリング》を受け持っている。蒼銀《そうぎん》の髪、紫の瞳、花のかんばせ……目にも眩《まぶ》しい美麗な青年だ。

ただひどく世馴《よな》れていない上に不器用で、隼夫としても鶩子としても使いものにならなかった。それで祓霊が出来るという彼の特技を生かした仕事についたが、実のところ正体は古い龍だ。

天の怒りに触れ石にされ、三〇〇年もの間眠っていた。起きてみれば親しくしていた人間の国はなくなっており、その子孫を捜すために旅立ったという。

それがひょんなことから怜景に拾われて、今ではその美貌で怜景と一位二位を争う人気の妓夫となっている。

「おはよう、蒼薇。っていうか服を着ろ。そんな格好で窓のそばにいると……」

窓枠に腰をかけている蒼薇は全裸だ。長い銀色の髪を真珠色の肌にまとわせて、わずかに身動きするだけで窓の下から「きゃーっ」という黄色い歓声が聞こえる。

怜景が覗《のぞ》くと三階下の路上に物売りのお姐《ねえ》さんたちが集まっていた。

楼閣自体は夕方からの商売だが、天秤棒《てんびんぼう》を担いだ物売りや一般の商店は朝から開く。

蒼薇はそんなお姐さんたちに窓辺から愛想良く手を振った。また歓声があがる。

「こら、蒼薇。お姐さんたちの仕事の邪魔をするな」

怜景が蒼薇の首に片腕を回して部屋に引き戻すと、また別の種類の歓声があがる。

怜景もにこやかに彼女たちに手を振ってやった。

季節は秋の初め、そろそろ朝晩は冷たい風が吹く時候だが、昼間はまだうんざりするほどの日差しだ。

「邪魔などしていない。ただ窓辺にいただけだ」

蒼薇が文句を言う。

「それだけでも邪魔なんだよ、お前がいるとみんな仕事に向かわないだろう?」

「なぜだ」

「そりゃまあ、ただで紫燕楼の売れっ子を見られるんだからな。いいから服を着ろ」

蒼薇は納得のいっていない顔で衣服を身につけた。

白く長い袍《ほう》の上から袖なしの青い長衣を羽織り、飾り帯を結ぶ。伸ばしっぱなしの髪は怜景が頭頂で結んでやった。簡単《シンプル》な出《い》で立《た》ちが、かえって華やかな蒼薇の美貌を引き立てる。

身支度を終えた蒼薇の肩に黄色いインコが乗る。以前後宮で関わった事件で助けたインコは「毛抜けちゃん《シャオトーファ》」という酷《ひど》い名前をつけられたが、今ではすっかり毛も生えそろい、日に日に大きく、丸くなっていった。

「アサメシ、アサメシ」

言葉もよく覚え、よくしゃべる。蒼薇は掌《てのひら》に穀物を載せて食べさせてやった。

怜景も手早く着替えると部屋を出ようとした。が、肩を蒼薇に捕まえられる。その瞬間、見えるものには見えたかもしれない。うっすらと黒い埃《ほこり》のようなもやのようなものが散ったのを。

「相変わらず貼り付いているな」

蒼薇はパンパンと怜景の背中を軽くはたいた。

「ああ、ありがとう。前に比べればずいぶんいい」

怜景には悪霊が憑《つ》いている。殺され、国を奪われた両親や一族の怨念だ。彼らは滅びた国の皇子である怜景にしがみつき、復讐《ふくしゅう》を叫び悪夢を見せる。だが、霊を祓《はら》える蒼薇と一緒に住むようになってからは、その念も薄くなっていっていた。

蒼薇は完全に祓うことができるが、怜景自身がそれを拒んでいた。彼もまた、復讐を忘れていないからだ。

「大人しくしてろよ」

怜景はそう言うと自分の左肩を右手で押さえた。蒼薇はそれを痛ましいような目で見る。彼には理解できないのだろう、影を背負って生きる怜景が。

「さあ、行こう」

そんな蒼薇に明るい声で怜景は呼びかけ、階段を下りた。

中庭にある井戸で顔を洗っていると、隼夫見習いの猛伊《モンイー》が駆け寄ってきた。

「おはようございます、怜景さん」

「おはよう」

猛伊は一四歳。近頃は給仕として一階の店にも出ている。もう一人の見習い、直秀《ヂーシゥ》と一緒に怜景につき、隼夫として学んでいるところだ。

「朝一番で店に文が届いていましたよ」

「ああ、ありがとう」

怜景は差し出された文を受け取ろうとして、手が濡《ぬ》れていることに気づいた。それを察知してすぐに猛伊が手布巾《てぬぐい》を渡してくれた。

「おう、やるじゃないか。隼夫には気配りが大切だぞ」

怜景は猛伊を褒めて手布巾で手を拭った。

「文は誰からだ？　怜景」

蒼薇が肩越しに覗き込む。怜景は客から文をもらうことも多い。多分、その中のだれかだろうと差出人を見た。

「え――」

文に記《しる》された名前にどきりとした。もう何年も会っていない、田舎に住む妹からだったからだ。

あわてて封を切り中を確かめる。まさか妹に、その夫に、育ての親である武芸の師になにかあったのだろうか？

中の文を読むと別な意味で怜景は慌てた。

「な、なんだって!?」

「怜景？」

怜景は文から顔をあげ、うろたえて周囲を見回した。

「妹が、妹の香晶《カショウ》が伽蘭街にやってくる……！」

一

「妹？　あの、故郷で結婚しているという？」

急いで中庭から楼へ戻る怜景に、蒼薇はついていきながら聞いた。

「そうだ、夫と一緒に華京府に来る。それで俺が働いている店を見たいそうだ」

そう聞いて蒼薇はぱっと顔を輝かせた。

「そうか、ならここで歓迎してやるといい」

「だめだ」

怜景は足を止めると、くるりと蒼薇を振り向いた。

「なぜ?」

「香晶には俺が妓楼《ぎろう》で隼夫として働いていることは言ってない」

「うん?」

また背を向ける怜景に、蒼薇は追いかけながら聞く。

「なぜ言ってない?」

「そりゃあ、その……香晶は純真な田舎ものなんだ、兄が隼夫なんて言ったらびっくりしてしまう」

怜景は歯切れ悪く答えた。蒼薇はよくわかっていないような顔をして、

「じゃあお主はなにをしているんだ?」

「俺は……高級料理店で働いていることになってるんだ」

一階の店で怜景は楼主の臥秦《ウォチン》を見つけ、そばに駆け寄った。

「楼主、頼みがある」

「おお、おはよう怜景、蒼薇」

臥秦は髭《ひげ》だらけの顔をこちらに向けて笑った。

「頼みってなんだ？　珍しいな」

「明日、あさってと休みをもらいたい」

怜景が言うと臥秦は困った顔になった。

「ええ？　そいつは困るよ。お前が休めば蒼薇も休むだろう？　なにがあるんだ」

「楼主、実は怜景の妹が訪ねてくるそうだ」

背後から蒼薇が告げた。とたんに臥秦が大きな笑顔を見せる。

「そうかそうか。怜景の妹なら美形だろう。いい楼を紹介してやる……」

「香晶を妓女《ぎじょ》なんかにしねえぞ！」

怜景が楼主を遮って怒鳴った。

「そんなんじゃねえ。香晶はもう夫もいるし、華京府《ここ》に来るのはただの旅行だ！」

怜景の剣幕に臥秦はおろおろと目をさまよわせる。

「な、なんだ、それならうちでおもてなしを」

「そうじゃねえ、そういうのもいらねえ！」

「怜景は楼で働いていることは言ってないそうだ」

蒼薇が再び口をはさむ。

その言葉で臥秦は全てを理解した顔になった。逆に怜景は口にすっぱいものを詰め込まれたような顔になる。

「なんだそうか、怜景。それでお前はなにをしてるって言ってあるんだ？」

「それは……その……」

「高級料理店だそうだ、この店は」

蒼薇がぺらぺらとしゃべる。怜景は蒼薇を睨《にら》んだが、臥秦は噴き出した。

「紫燕楼が高級料理店！　そりゃあうちは確かに料理も酒も一流だがな！」

「す、すまん、楼主。俺は決して隼夫が恥ずかしい仕事だと思ってるわけじゃねえ。妓夫として誇りもあるし、夢を売ってると胸を張って言える。だけど妹は……その、ひどく世間知らずで素直な娘なんだ。それに始めたころは俺もその……この仕事を低く見ていたことは確かだ、それはすまんと……」

くどくどと言い訳する怜景の背中を臥秦は叩《たた》く。ぱしん、と小気味いい音が楼に響いた。

「いいってことよ、わかってるさ。兄貴なら妹にかっこよく思われたいよな」

むしろ同情めいたまなざしで、臥秦は怜景の首に手を回した。

「いいじゃねえか、妹さんをここへ呼べよ」

「え？」

怜景はぎょっとした顔になった。

「その日はお前の貸し切りにしてやるよ。妓楼紫燕楼は、その日だけは高級料理店紫燕飯店《はんてん》だ。店のみんなにも周知してやるよ！」

翌日の朝から、怜景は伽蘭街の入り口でそわそわと妹夫婦を待っていた。伽蘭街は確かに花街だが、普通に飲食を楽しむ料理店や飲み処《のどころ》もたくさんある。逆に子供がいなくて静かでいいと、この街で食事をするものも多かった。

文には今日華京府に入ると書いてあった。時刻まではわからないので待つしかない。店名は知らせてあるので直接紫燕楼へ来てもらうこともできたが、街の入り口から楼までの間で、誰かが余計なことを教えるかもしれないと思うと、ここで捕まえてまっすぐ店に連れて行きたい。

「怜景さん」

見習いの直秀が笑いながらそんな怜景の袖を引いた。

「ここは僕が見ていますから、楼へ戻られたらどうですか？」

直秀は手に「歓迎！　南香《ナン》晶さま」と書いた札を持っている。今日は見習いが交代でこれを持って立っていることになっていた。

「そうなんだけどさ。いや、お前たちに迷惑をかけることになって本当にすまない」

怜景がぺこりと頭をさげると、直秀は手を振って、

「いいんですよ、そんな怜景さんの顔を見られることはめったにありませんし」

「ど、どんな顔だっていうんだ」

「お兄さんの顔、ですよ」

直秀は大人びたことを言う。怜景は気恥ずかしくなって両手で自分の顔を揉《も》んだ。

「そ、それじゃあ楼へ戻っていようかな……あとは頼む」

「はい、怜景さんの妹さんにお会いするのがとても楽しみです。きっと美人なんでしょうねえ」

言われて怜景は妹の顔を思い浮かべようとしたが、子供の頃に別れたきりでそのあと家に戻っていない。だから洟《はな》を垂らした幼い子供の顔しか出てこなかった。

「そ、そんないいものじゃねえぞ。ただの田舎娘だ。そりゃ子供の頃はかわいかったが、俺も何年も会ってないからわからない……いや、確かに子供の頃はかわいかった、村一番だった」

自慢なのか言い訳なのかわからないことを言っていると、澄んだ高い声が聞こえてきた。

「兄《あに》ちゃ！　怜景兄ちゃ！」

はっと顔をあげると、道の向こうで大きく手を振っているぽっちゃりとした女性がいた。隣には大きな荷物を背負った、牛のように大きな男性がいる。

女性は色違いの毛布のような肩掛け《ストール》を何枚も体に巻き付け、足にはずんぐりした長靴《ブーツ》、手編みの帽子に道中の厄除《やくよ》けの呪《まじな》い布《ぬの》を巻いた杖《つえ》。男性はいくつも継ぎを当てたごわごわとした厚手の袍《ほう》を身にまとい、いかにもおのぼりさんといった感じだ。

「香晶……？」

怜景が半信半疑で呟《つぶや》いている間に、太く編んだ三つ編みを揺らして女性が駆け寄ってきた。その泣き笑いの丸い顔には確かにかわいい妹の面影がある。

「怜景兄ちゃ！　会いたかった！」

「カ、香晶」

どすんと飛びつかれ、土埃の立つ体を抱きしめる。長身の怜景の胸までしかない小さな体は故郷の村で育てている紫蘇《しそ》の香りと山羊《やぎ》の匂いがした。たちまち怜景の胸の中に懐かしい村の風景が蘇《よみがえ》る。

「香晶！」

「兄ちゃ！」

ぎゅうっと抱きしめると胸の中で妹がわんわん泣く。そんなところは幼い頃と変わっていなかった。

牛のような大男がそばにきて、のっそりと頭をさげる。これが妹の夫かと、怜景も頭をさげた。

「香晶、もう泣くな。旦那が困っているぞ」

そう声をかけると妹はようやく顔をあげ、洟を盛大にすすった。

「ほら」

小手布巾《ハンカチ》を渡すと思い切りよく洟をかむ。

「よく来たな、遠かっただろ」

「うん。毎日毎日馬みてえに歩いたでえ。華京府に入ってからも遠くてなあ」

故郷の訛《なま》り丸出しでそう言うと、香晶はにっこり笑った。

「兄ちゃ、すんげえなあ。すらっとしてきれえで王子様みてえだ」

ぎくりとする。香晶は自分が帛国《ハク》の皇女であったことは覚えていないはずだが。

「そ、そりゃあ兄ちゃは街一番の高級料理店で働いてるからなあ。でもよく俺がわかったな」

「うん、不思議だなあ。近くで見たらどきどきすっくらいきれえなのに、遠くから見たとき、すぅぐに兄ちゃだとわかったでぇ」

そう言ってまた笑う。香晶は幼い時からよく笑う子供だった。その笑顔は村中に愛された。

「お前はまたころころしたなあ」

怜景はそう言って香晶の丸い顔を両手で包む。もちもちと弾力のある肌が怜景の掌を押し返した。日に灼《や》けてふっくらとして、ちょいとつつけば転がりそうだ。村一番かわいかった少女は真ん丸になっても愛らしい。

「おらは毎日畑仕事がんばって、ご飯いっぺえ食べてんからな。痩せるひまなんかねえでえ」

香晶はくすぐったそうに言って、顔を振った。

「じゃあ、今日は兄ちゃが世界一おいしいものをご馳走《ちそう》すっからな。楽しみにしててくれよ」

怜景は故郷訛りで言ってようやく香晶を離すと、そばにいる牛男に改めて礼をした。

「香晶の兄の怜景です。遠路はるばるようこそ。祝言の席にも出ず、申し訳ありませんでした」

「いえいえ。俺の方こそ、義兄上《あにうえ》にご挨拶しに来なければならなかったのに不義理してしまいもうした。香晶をいただきました南公牛《ゴンニィウ》でありもうす」

やっぱり牛か、とおかしくなる。大きな体に大きな顔。どんとぶつかっても軽々と受け止めてくれそうだ。太い眉は強い意志をあらわし、その下のつぶらな目は草食動物のように優しい。

この男がこれからずっと妹を守ってくれるのだ。

「これからも妹をよろしく頼みます。俺はあなたの義兄になのだから、なんでも頼ってくれ」

怜景はそう言って公牛の畑仕事でふしくれだった大きな手をぎゅっと握った。

挨拶が済むと、怜景は「歓迎！　南香晶さま」という札を持ったままの直秀を振り返った。

「これは紫燕飯店で俺の部下の直秀と言います。直秀、公牛さんの荷物を持ってくれ」

「はい、怜景さん」

直秀が公牛から荷物を受け取ろうとすると、義弟は怖いものを見たようにぶるぶると首を振った。

「こんな細っこい子供にとっても持たせらんねえで。この袋には畑で穫《と》れた豆と芋が入っとるでえ、すんごく重いでえ」

そう言われた直秀は、にっこりと笑ってみせた。

「大丈夫です、僕だって店で毎日働いているんですよ。重いモノも持ちます」

「だどもなあ」

「そんならおらの荷を持ってみっか？」

香晶がはいっと布袋を差し出した。直秀は張り切って受け取ったが、その腕がずしりと沈む。

「お、おい、直秀」

「だ、大丈夫です！　このくらい……っ」

直秀は袋を抱え、よたよたと歩き出した。あれでは楼につくまで持たないなと怜景は苦笑する。

「あれ、なにが入っているんだ？」

「冬瓜《とうがん》とレンコンだよう」

「なんでそんなもの」

「兄ちゃの店で料理に使ってもらおうと思ったんだよう。おらたちの作った野菜はおいしいぞお、遠くの村からも買いにくるんでえ」

香晶はけらけらと笑う。本当にすっかり農家のおかみさんになったのだな、と怜景は妹の姿に目の奥が熱くなる。香晶の弾《はじ》ける笑い声を、怜景の背にのさばっている悪霊たちも眩しく感じるのか静かだった。

妹にはこんな影は背負わせたくない。彼女は皇女だったことも滅びた帛国のことも忘れて幸せになって欲しい……。

「こ、ここが兄ちゃの店かあ！」

紫燕楼に到着した妹夫婦は、三階建ての楼を見て目を丸くした。ここへ来るまでもさまざまなきらびやかな店にきょろきょろと珍しげな目を向けていたのだが、中に入ってまた歓声をあげた。

二階まで吹き抜けの店は、天井からさまざまな色の提灯が下がり、各卓は美しい布で覆われ、螺鈿細工《らでんざいく》が輝く衝立《ついたて》で仕切られている。螺旋階段《らせんかいだん》には隼夫たちが並んで「ようこそ、香晶さま」と唱和したのにも仰天していた。

「俺の店じゃない、俺はここの雇われ配膳長だ」

怜景はごほんと咳払《せきばら》いして楼主の臥秦を紹介した。

「この人が店主の臥秦さんだ」

「臥秦さま」

香晶は額が膝につくかと思うほど深くお辞儀をした。

「兄ちゃがお世話になっとります！　こんだら素晴らしいお店で働けて、兄ちゃは幸せもんでございますでぇ！」

臥秦は「んぐっんっ」とへんな音を立てて噴き出すのを堪えた。香晶の話し方がおかしかったというよりは、怜景の気持ちを思って笑い出したかったのだろう。

「い、いや。怜景はこの店にはなくてはならない男でしてね。儂《わし》の方がいつも世話になっているのだよ」

臥秦は大店《おおだな》の店主らしい威厳を作って言った。階段の上の隼夫たちがそんな楼主を見てくすくす笑う。

「ほんとほんと。この店は怜景さんがいないと回りませんよ」

「お客様もみんな怜景さんに配膳《サービス》されたくて来てるンですから」

あちこちから声がかかる。香晶はきらきらしい隼夫たちにますます目を丸くした。

「はあ……都の食べ物屋はお店の人たちもみんなこったら美しいんだかあ。おら、目がくらくらしちまう……」

怜景は香晶と公牛を大きな円卓に案内した。

「さあ、ここに座ってくれ。今、お前たちが持ってきてくれた野菜で料理を作ってもらうからな。自分たちの野菜がいったいどんな料理に変わるか、楽しみにしていろ」

香晶たちが席に座るとすかさず隼夫たちが酒を注ぎに来る。二人は瑠璃杯《グラス》の美しさや長椅子の豪華さにあたふたしながら酒を受けた。

そのあとは冷菜から始まって軽い揚げ物、汁物と続き、香晶たちの持ってきた冬瓜にたっぷりと肉を詰めた蒸し料理、豆や芋を添えた肉料理と続いた。

香晶も公牛も「こったら美味《うま》いもん食ったことねえ」と目を輝かせながら腹に詰め込んでゆく。

特に公牛の食べっぷりは隼夫たちを沸かせた。甘露杯塔《シャンパンタワー》を積み上げるときのように囃《はや》したて、大きな肉を食い切ったときには爆竹まで鳴り響いた。空の皿が重なってい く様子に厨房《ちゅうぼう》のものも闘志を燃やしたか、追加の皿の出が速くなる。

やがて料理が終わり、温かいお茶と甘味がでるときになって、怜景も妹と同じ卓についた。

「とてもいい芋だと料理長が驚いていたぞ」

怜景が言うと香晶は満足そうに笑った。

「そうだでえ、おらと旦那で丹精して育ててるだあ。どこの誰にも、王様にだって自慢できる作物だよぉ」

妹とその夫は大地にしっかり根を張り、努力の結果が実になっていく。俺のような目に見えない、手に掴《つか》めないものを売る商売とは大違いだな、と怜景は思った。

復讐のために隼夫を選んだが、これが本当に俺のやりたかったことだろうか?

妹たちの作った芋はほろほろと口の中で崩れ、それが胃と心を幸せにしてくれる。こんなふうに形のあるもので人を喜ばせることができるというのは、ずいぶんと幸せなことだろう。

「香晶……」

「ん? なんだ、兄ちゃ」

怜景は妹の頭に手を置いた。

「お前は偉いな」

「なんだよお、兄ちゃ」

香晶は恥ずかしそうに笑って兄の背を叩く。

「兄ちゃこそ偉いよお。毎月お金を送ってくれて。おらたちがいろんな作物を試せるのは兄ちゃのおかげだよぉ」

「そ、その通りでえ、義兄さん。俺も香晶も義兄さんのおかげで頑張れてますぅ！」

公牛も大きな体を縮めて叫ぶように言った。

「お前も偉いよ、怜景」

不意に声がかかり、振り返ると顔を赤くした臥秦が背後から怜景の頭に手を置いた。

「ここに来てからずっと働きづめで。よく頑張ったよ」

「楼主……臥秦さん」

臥秦は酔っ払っている。酒癖は悪くないが、彼は酔うとおしゃべりになってしまう。

怜景はひやひやした。

「臥秦さん、奥で休んでいてくださいよ」

「いやいやお前と妹さんの話を聞いていたらもう泣けてきてな」

実際臥秦は目に涙を浮かべていた。

「うんとガキのころからこの店で働いて、最初はぜんぜん稼げなかったのに、夜遅くまで働いて先輩の見よう見まねでお客さんの機嫌をとって……それが今ではこうして上級《トップ》の隼……」

そのとたん、背後から二本も三本も手が伸びて臥秦の口をふさぐ。

「さあ、店主。ここは怜景と妹さんたちだけにしてあげましょうよ」

「そうですそうです、兄妹《きょうだい》水入らずで」

配膳係の振りをしている仲間の隼夫たちだ。彼らはそう言って臥秦をずるずるとひきずってゆく。怜景は片手を顔の前にあげて拝む真似《まね》をした。

「兄ちゃはここでいい人たちに囲まれてしっかりお仕事しとるんだねえ」

香晶は大きな目を潤ませて兄を見上げる。

「兄ちゃが都へ行ったとき、おらは悲しくて寂しくてずっと泣いてた。なんでおらも連れてってくれねえのかと恨んだこともあるでえ。兄ちゃはきっとおらには言えねえような苦労もしたんだろうけど、今はとってもいい顔で笑ってるなあ」

「香晶……すまねえ。俺もお前を置いていくのは辛《つら》かったでえ」

「兄ちゃ」

「香晶」

「兄……」

　不意に香晶の目が泳いだ。視線が自分を通り越して、呆然《ぼうぜん》とした顔で後ろを見ている。隣の夫も同じようなぽかんとした顔をしていた。

「怜景」

　涼やかな声。ああ、蒼薇が来てしまったかと怜景は舌打ちした。

「兄ちゃ……なんだべ、ここには天女さまがおられるのけえ」

　香晶の頰がぽおっと赤らんだ。公牛は顔だけでなく首まで真っ赤だ。

「ようこそ、紫燕飯店へ」

　蒼薇がしゃらら……と音がするような銀の髪をなびかせて挨拶する。妹夫婦は天から舞い降りた人を見るような顔で口を開けていた。

「兄ちゃ、おらはずっと兄ちゃほど綺麗《きれい》な人はおらんと思っとったけど、世界は広いなあ……上には上がいるもんやなあ……」

　素直な妹の賛辞に蒼薇はにっこりと笑った。

「ああ蒼薇。妹の香晶と旦那の公牛だ。香晶、これは蒼薇。俺の同僚だ」

「こったら美しい人が配膳係かあ、都はいったいどうなっとるんだ」

　香晶は感に堪えたように首を振って呻《うめ》いた。

「ああ、吾《あ》は配膳係ではない。祓霊師《フーリンシー》だ」

「――え？」

怜景は焦った。なんで祓霊師が高級料理店にいるんだ、なにか適当な言い訳を考えなくては！

「い、いや、この店にはさまざまなお客様がいらっしゃるのでな、中には特別なお客様もいる。そういう方のためのお手当てに……」

「祓霊……祓霊師とおっしゃっただか」

今までのぼうっとした表情を消し、香晶も公牛も真剣な顔になった。

「なんてこった。兄ちゃの店に来て祓霊師さまにお会いできるなんて」

「カ、香晶」

「うん、あんたあ」

夫婦は身を寄せ合い、顔を見合わせうなずいた。

「あ、兄ちゃ、頼みがあるんだ、実は――」

そのときだった。急に店の入り口が騒がしくなり、わめき声と大勢の発する声が聞こえてきた。

「なんだ⁉」

怜景が立ち上がるのと同時に衝立が押され、警士の制服を着た男たちが現れた。

「紫燕楼の怜景だな」

先頭にいた警士が怜景を睨みつける。

「な、なんだ、あんたらは！」

怜景はその視線を弾き返すように怒鳴って立ち上がった。

「怜景、貴様に妓女殺害の疑いがかかっている。大人しく警司処《けいししょ》に来てもらおう」

怜景は絶句し、とっさに妹夫婦を振り向いた。香晶は目を丸くし、公牛は腰を浮かせて今にも飛びかかろうとしている。蒼薇は冷ややかな目で警士たちを見た。

「これは――なにかの間違いだ!!」

怜景の大声が楼の中に響いた。

二

「だから！　昨夜《ゆうべ》はずっと店にいたと言っているだろう！」

怜景は机を叩いて怒鳴った。もう何度目か。

「まあまあ、そんなに怒ることはない。それともなにか疚《やま》しいことでもあるのかな」

目の前に座っている男が丸い顔をゆがませてにやにやする。篤斉徳《ドウチーデエア》という名で、以前、洗体女の自死事件のとき、怜景を取り調べた警司官だ。

あのときも頬や鼻の頭にある黒子が気になっていたが、今はもっと増えているような気がした。

「死んだ励真《リーヂエン》はお前の客だった。お前は彼女と男女の関係だったんじゃないのか」

「励真は確かに俺の客だったよ。月に一度くらいは来てくれた。だが、彼女は一階で酒を飲んで話をするだけで、友人のようなものだった。励真は売れっ子妓女だったから客の話で盛り上がるんだ」

何度も言っているのに篤はどうしても怜景と励真を結びつけたいらしい。

「励真の払いが滞っていたというようなことは？」

「励真はいつも現金で払ってくれた。つけなんかは一度もない。帳簿を確かめろ」

「彼女は楼を辞めて男と一緒になろうとしていた。それに嫉妬したお前が彼女を殺したんじゃないのか」

「勝手に話をつくるな！　楼を辞めるならお祝いするさ」

「励真はいい女だった。客として会っていてもお前が恋心を抱くのは無理もない」

「話聞いてるか⁉」

机を叩きすぎて手が腫れてしまう。怜景が息を荒らげていると、取調室の扉が開き、篤の配下が入ってきた。

「どうした」

「それが、怜景の店のものだという男たちが大挙して来てまして」

配下の青年は困った顔で言った。

「怜景は昨日店にいたとみんなで証言しています。どうしましょう」

篤警司官は舌打ちすると立ち上がった。

「怜景、今日はこのくらいにしておいてやる。だが、呼び出したらすぐに警司処に来るんだ。逃、げ、る、な、よ」

最後の言葉をねじこむようにかけられた。

「逃げねえよ。俺は犯人じゃないからな」

怜景が警司処から出てくると、門に詰めかけていた隼夫たちがわっと歓声をあげて出迎えた。

「怜景、無事か?」

「おつとめご苦労さんです!」

「災難だったなあ」

隼夫たちの中には蒼薇もいて、にこにこと手を上げた。

「妹はどうしてる?」

怜景が聞くと蒼薇はうなずいて、

「楼主《チオンシー》が城西区の宿を用意してくれた。心配しているだろうから早く顔を見せるといい」と答えた。

「ああ……だけどその前に……」

怜景は隼夫たちを見回した。

「みんなありがとう。今日の夜は俺が奢《おご》るからお客様にご馳走してくれ」

おおーっと嬉《うれ》しげな声があがる。女客に酒をご馳走するのは隼夫の好意《サービス》だが、自腹を切らなくていいのはありがたい。

「俺はちょっと警司処に忘れ物があるんで先に帰ってくれ」

怜景はそう言うと身を翻して警司処に戻った。隼夫たちは置いてけぼりをくらった顔で少しの間文句を言っていたが、やがてばらばらとばらけて帰っていった。その中で一人、蒼薇は当然という顔で怜景について行った。

怜景が警司処で探したのは高《ガオ》警士だった。処内で聞くと最初はみんな不審げな顔をしたが、蒼薇が怜景の背後から顔を出して微笑《ほほえ》むと、親切に教えてくれた。

「——なんでこんなところにいるんだ」

高は例によって苦虫を噛《か》んだような顔で怜景を睨んだ。高がいたのは数人の警士たちが集まっている広めの部屋だった。運のいいことに篤警司官はいない。

「励真殺しの疑いで呼ばれたんだよ、知ってるんだろう？」

「知っているが、釈放されたと聞いていた」

「あんたに用事があって戻ってきたんだ」

高はわざとらしく舌打ちすると、椅子から立ち上がった。怜景を部屋の外へと促す。

「励真殺しの担当は篤警司官の筈《はず》だが」

「ああ、なにがなんでも俺を犯人にしたいらしい」

「……今回篤警司官が出てくるのは早すぎるのだ」

高は怜景たちを見ずに独り言のように呟いた。

「通常は犯人とおぼしき者を捕まえたら牢《ろう》に入れる。証拠を集めてから取り調べだ。怜景、お前は以前洗体女自死事件のとき、牢に入っただろう」

「ああ、一泊させられたぞ。それから篤の野郎の取り調べを受けた」

怜景はそのときのことを思い出して吐き捨てた。

「取り調べは簡単であっさり解放されただろう？」

「そういえばそうだった……かな？」

確かに今日の取り調べに比べたら簡単だったかもしれない。高は小さくうなずいて、

「牢に入れている間に調べは終わっているからだ。取り調べは確認のようなものだ。だが、今回は捕まえてきたのをいきなり篤警司官が調べている」

「異例のこと……なのか？」

なにかいやな予感がする。背中の霊たちがざわめきだした。

「そうだ。よっぽど容疑が固まっていないと……お前は励真を殺したのか？」

高の言葉にただの確認だとわかっていても、かっと頭に血が上った。

「するわけないだろう！　俺だって怒っているんだ。俺は励真が好きだった。女としても、同業者としても、人としても！」

「怜景、落ち着け」

蒼薇が肩を摑む。怜景の感情に煽《あお》られて悪霊たちが活発になるのを抑えたのだ。

「あ、ああ。すまん、蒼薇」

怜景は二、三度深呼吸をして、高の猛禽《もうきん》のような鋭い目を見返した。

「俺は励真になにがあったのかを知りたい。彼女を殺したやつを捕まえたいんだ」

だが高は静かに首を横に振るだけだ。

「――それは警士の仕事だ」と。

怜景と蒼薇、そして高は警司処を出た。

「なあ、俺も協力するからあんたにも力を貸してほしい、高警士。死んだ励真の部屋に入らせてくれ」

高はちらっと蒼薇を見た。

「まさか励真の霊に話させるなどと言うなよ」

怜景はにやりとした。

「話を聞くのがいやなら耳をふさいでおけ」

励真の勤める遊梨楼《ユウリロウ》は、妓楼の中でも中の上というところか。紫燕楼と違って客が酒を飲む場所はなく、せいぜい妓女の部屋で茶を飲むくらいだ。だが、たいていの客は茶など飲まずにさっさと服を脱ぎたがる。

遊梨楼は時間制だ。妓女は客が部屋に入ると真鍮《しんちゅう》でできた丸い鞠香炉《まりこうろ》に火を入れる。その香が燃え尽きるまで約二刻、客は妓女の肌に溺れるのだ。

「ここが励真の部屋で現場だ」

高に連れられて遊梨楼の二階にあがった。一緒にあがった楼主が鍵を開けてくれた。部屋に入った途端、床の上に乱雑に放り出された化粧品や衣服、装飾品が目に飛び込んできた。

「これは……」

「励真が発見されたときのままだ」

励真の部屋は二間続きで、寝台の置いてある大きな部屋と、彼女自身のものが置いてある小さな部屋に分かれている。その両方がめちゃくちゃに荒らされていた。

「ひどい有様だろうが」

楼主は眉を八の字に下げて言った。

「警司処の命でそのままにしてあるけど、片付けるのが大変だよ」

「励真はそこに倒れていた」

高は楼主の愚痴も気にしない顔で、窓辺を指さした。すでに遺体は運び出されているが、散らばったものの中でそこだけ空間が空いているので、なんとなくそこになにかがいるような気がする。

「部屋の荒れ具合から物取りの犯行の線も追っている。だが、装飾品は残っている」

高は部屋の中を歩きながら言った。怜景は床に膝をついて励真のために祈る。

「蒼薇、励真はいるか？」

祈りを捧《ささ》げたあと、一緒に来ていた蒼薇に尋ねたが、彼は首を振った。

「ここにはいないようだ」

「普通は死んだ場所にいるんだろ？」

蒼薇は腰を屈《かが》めて床に落ちている首飾りを拾い上げた。

「思いの強い場所や物に憑くこともある。まえ、翡泉《フェイチェン》は指輪に憑いていただろ？」

翡泉は紫燕楼の同僚で、やはり楼で命を落とした鴛子だ。その霊は愛するもののために嘘《うそ》までついた。

蒼薇はしばらく首飾りを見つめていたが、やがてそっと床に戻した。

「そうか……」

怜景は立ち上がると扉の前に立っている楼主に聞いた。

「励真のものでなくなっているものはないのか？」

「警士にも聞かれたけどよくわからないよ。ただ……」

「ただ？」

扉に寄りかかっていた楼主は、腕組みをほどくと自分の頭を指した。

「励真がいつも髪に挿《さ》していたかんざしがないな。はっきりわかるのはそのくらいだ」

「かんざしか」

「一年ほど前からいつも挿していたね。それほど高価なものじゃない、たぶん客の贈り物だろう」

怜景は篤警司官が言っていたことを思い出した。

「励真は好きな男がいて結婚を考えていたそうだ。その男かな」

その呟きに高が反応した。

「なんだ、それは。どこの情報だ？」

「篤のやつが言っていたぞ」

高は楼主を振り向いた。

「励真からそんな話を聞いていたか？」

楼主はとんでもないという顔で首をぶるぶると振った。

「篤のやつ、どこからそんな情報を仕入れたんだ」

「なに、俺をひっかけるでたらめだったのかもしれん」

怜景はそう言いながら荒らされた部屋を歩き回った。枕や敷き布が引きずり下ろされている。棚の引き出しは出されて中身がぶちまけられていた。

「ずいぶんとご丁寧だな」

怜景は床に転がっている励真の化粧品を踏みそうになって、足をあげた。

「全然丁寧じゃない。ものを捜すには効率が悪い」

蒼薇が怜景の言葉に反応して返す。怜景は素直な蒼薇の言葉に苦笑した。

「人間はな、あんまり呆《あき》れ返ったときには、逆のことを言ったりするんだ。お前は賢いな、とか」

「そうか」

蒼薇はいったん納得してからはっと顔をあげた。

「逆のことって、それは吾が賢くないと」

「励真が死んでいたのを見つけたのは？」

怜景は蒼薇を無視して高に尋ねた。

「おい、怜景！」

蒼薇が怒っている。だが、高も彼を無視した。

「彼女の世話子だ。妓女見習い。朝になって励真を起こしにきたら床に転がっていたそうだ」

それはずいぶんと驚いたし怖かっただろう、と怜景は見習いの心境を想像する。

「その子に話は聞いたのか？」

「もちろんだ。昨日の夜は函《ハン》と沈《シェン》という客が来たらしい。どちらも偽名かもしれんが。警司処は後から来た沈を捜している」

「見習いには会えないか？」

怜景が言うと楼主が慌てた様子で扉から離れた。

「青桃《チンタオ》は朝から熱を出して寝込んでいるんだ。刺激が強すぎたんだろう。しばらくはそっとしておいてくれ」

なるほど、従業員の面倒見はいいらしい。

「青桃というのか。その見習いは函と沈に関してなにか知っているのか」

高に聞くと彼は氷のようなまなざしを向けて答えてくれた。

「沈のほうはわからないそうだ。函は城西区で細工師をしていると言っていたな」

高がどんな態度でその怯《おび》えた見習いに話を聞いたのか心配になる。熱は彼のせいなんじゃないのか？

「細工師か……」

「気がすんだのならもう帰れ」

高はそう言うと、そっけなく背を向けた。

「ああ、わかった。ありがとうよ」

怜景は礼を言い蒼薇を促して扉へ向かった。部屋を出ると楼主が高に「いつになったら部屋を片付けられるんだ」と言っている声が聞こえてきた。

「怜景、妹の宿に行くのか？」

「いや、その前にちょっと寄りたいところがある」

「寄りたいところ？」

「宿は城西区なんだろ？　ちょうどいい。城西区で函という細工師を探してみる」

三

城西区は商業区街で、多くの商店が立ち並んでいる。特に金砂《ジンシャ》通りという一角は、装飾品や金属細工の店や工房がひしめいている。買い物に来ているものも一般の客だけでなく、商家のものが多い。ここで買い入れて自分の店で売るのだ。

どの店も店頭に大小の移動式陳列台《ワゴン》を出して、そこに自慢の一品を飾っていた。

蒼薇は活気のある街並みを物珍しげに見て回った。

「すごいな、あちこちきらきら輝いている」

「ちゃんとついてこないと迷子になるぞ」

怜景は女性ものの装飾品を扱っている店に入っては、函という細工師のことを尋ねていた。何件目かで工房の場所を知っているものに当たり、今そちらへ向かっているところだ。

「励真がずっとつけていたというかんざし、もしかしたら函が作ったものかもしれない。城西区に行って細工師を当たれば函を見つけられるだろう」

怜景は城西区へ入る前に蒼薇に説明した。

「だが、それはお主の憶測だろう」

「憶測でも可能性のひとつだ」

そうして辿《たど》り着いた函の工房は、主一人でやっている小さなものだった。声をかけて中に入ると、男がひとり、作業台の上で小さな金槌《かなづち》とノミを手に真剣な顔で作業中だった。

怜景は彼の仕事が一段落するまで壁にもたれて待っていた。蒼薇は部屋にある小さな装飾品をゆっくりと見て回っている。

「怜景、これを見てみろ」

蒼薇が指さした場所にはかんざしがいくつか置かれていた。小さな鈴のような花が列《つら》なった飾りで、触れるとチリチリとかわいらしい音をたてる。その鈴にも細かな模様が施してある手のかかった品だ。

「ほう、見事だな」

やがて男は大きく息をつくと、こちらを振り向いた。

「すまない、待たせて。今、難しい彫り物の最中だったので」

男は三〇代前半だろうか、やせており、生真面目そうな顔をしていた。蒼薇を見てちょっと驚いた顔になる。

「函さん、だな」

怜景が問うているのに、男は蒼薇の方ばかりに目を向けて答えた。

「あ、ああ、そうだ。細工師の函だ。かんざしがいるのか？　しかしあんた……美しい髪だな」

蒼薇の顔よりまず髪を褒める人間は初めてだった。

「あんたの髪なら金よりは黒檀《こくたん》……それに蒼玉をあしらったかんざしのほうが映えそうだ」

「いや、すまん。かんざしを買いに来たわけじゃない」

怜景は手を振って、蒼薇に見蕩《みと》れている男の注意を引いた。

「あんた、遊梨楼の励真を知っているか？」

とたんに函がうろたえた様子を見せる。

「し、知っているが……なぜだ？　あんたは励真の知り合いなのか？」

「励真にかんざしを贈った？」

「あ、ああ」

「励真と結婚の約束をしていたか？」

かあっと音がしそうなほどの勢いで函の頬が赤くなった。答えを聞かなくても、もうわかった。この男にこれから辛い報告をせねばならない。

「あの、あんたは……」

「俺は紫燕楼の怜景。励真の友人だ。励真は……昨夜遅く亡くなった」

「え……」

真っ赤だった函の顔から血の気が引いた。

「亡くなったって……え？　どういうことだ」

「言葉通りだ。あんた昨日、励真に会ったな？」

「あ、会った……。え？　リ、励真……死んだって……え？」

その顔を見て函はシロだと怜景は判断した。目の前にいるのは大切なものを失って、思考力が完全に失われた憐《あわ》れな男だ。

「あんたが帰ったあとにもう一人客が来て……そのあと死んだらしい」

「な、なんで!? 昨日はあんなに元気だったのに！」

「殺されたんだ」

函の体が揺れる。蒼薇が気づいて彼を支えたが、足に力が入らないのか函はそのまま床に膝をついた。

「こ、ころ、された……？」

「気を落とすな、と言っても無理だと思うが、結婚の約束をしていたのなら教えておこうと思ってな。あと聞きたいこともあった」

函は答えず呆然と床を見つめている。

「函さん。あんた励真からなにか聞いてないか？ 最近彼女の周りで不審なことが起こっていたとか、悪い客に困っていたとか……おい函さん、しっかりしてくれ」

怜景は函の両肩に手を置いて揺さぶった。蒼薇が顔をしかめ、「怜景、よせ」と言ったが怜景は止《や》めなかった。

「函さん、俺は励真の仇《かたき》を討ちたいんだ。彼女からなにか聞いていないか？」

「き、聞いていない。励真……仇なら俺だって討ちたい！ なぜ励真が……励真がいったいなにをしたっていうんだ！」

わあっと函は泣き出した。

「励真、励真……」

長い時間函はすすり泣いていたが、その間怜景も蒼薇も我慢強く待っていた。

蒼薇は函の背に手を当てて撫《な》でている。彼なら函の気を調整して落ち着かせることができるだろう。だがそれをせず、函の感情が自然に落ち着くまで待った。

ようやく函は手布巾で顔をぬぐい、怜景と蒼薇に向き合った。

「す、すまない。女々しいところを見せてしまった……」

「大事な人間が亡くなったのだ。男も女も関係ない。みんな泣くだろう」

蒼薇の優しい言葉に、函の目がまた潤み出す。だが、涙は零《こぼ》れ落ちなかった。

「励真が言ってたこと……ひとつ思い出したよ」

お、と怜景は目を見開いた。函はまた洟をすすりあげ、どこか遠くを見る目で呟く。

「怖い客がいるって……。特になにか乱暴なことをするわけでもないんだけど、どこか怖いって言ってた。絶対に悪いことをしてると怯えていたんだ」

「それは誰だ？　名を聞いたか？」

怜景は勢いこんで尋ねた。

「確か……沈という名前だったかと」

沈、それは函のあとに励真に会った男だ。やはりそいつが犯人なのだろうか。

結局函が励真の恋人だとわかっただけで、犯人の手がかりにつながることはわからなかった。沈が『怖い客』だとしても犯人と断定することはできない。

怜景は蒼薇と一緒に妹夫婦が泊まっている宿へと急いだ。

「兄ちゃ！」

宿は漆喰壁《しっくいかべ》の三階建てで、ごく一般的な商人用の宿だ。寝台はちゃんと二つあり、簡単な食事ができる小さな卓も置いてある。南京虫《なんきんむし》もいなそうな清潔な宿で、怜景は楼主に感謝した。

「兄ちゃ、大丈夫だったんかあ！」

飛びついてきた香晶は怜景の胸に顔をぐりぐりと擦《こす》りつける。怜景は笑って香晶を引き離した。

「ああ、もう大丈夫だ。警司処の勘違いだったんだよ」

「そうけえ、よかったあ」

香晶は体から全部の空気を抜くような大きなため息をついた。

「警士さんたちが兄ちゃを連れにきたときは肝が潰れたでえ。兄ちゃ、子供んときも村の警士さんに連れていかれたことがあったろう」

「ええー、そんなことあったか？」

「あったよお、銷《シアオ》さんとこの豚を小屋から全部逃がしたときさ」

思い出した。原因は覚えていないが、嫌みな地主が育ての親の師を侮辱したのだ。それで腹を立てた怜景は夜中にこっそりと地主の屋敷に忍び込み、豚小屋の戸を開いたのだ。

「結局豚は全部見つかって回収されたんだからいいじゃねえか」

「……全部は見つからなかったよ、一匹だけ戻らなかった」

香晶は急に真剣な顔になると怜景を見上げた。

「どこを捜しても見つからないから、黒省の森《ヘイシンセン》に入ったんじゃねえかって言われて諦めたんだあ」

黒省の森。

幼い頃の記憶が刺激される。その名は畏れと共に囁かれ、日向《ひなた》のすぐそばにある影のように、村の近くに存在した。わんぱくな怜景も、そこにだけは入らなかった。入ってはいけない森だった。

「黒省の森に入ったなら、それはあの森のもんになる。森のものは木の枝、葉っぱ、なにひとつとっちゃなんねえから連れ戻せねえ。だから豚もそのままにしとくしかなかった」

そうだった。その名が出たらすべて諦めなければならなかった。のどかな村の中に潜む恐怖の根源。だが触れなければなんの問題もない場所。

「それで父ちゃが豚を買って返したんだっけ。結局俺は父ちゃに迷惑をかけただけだった」

「だけど父ちゃは怒らなかったな」

香晶が目を潤ませて囁いた。

「ああ……」

懐かしく思い出す。修行には厳しい師だったが、親として兄妹を慈しんでくれた。怜景が教えを請うときは師匠と呼んだが、普段、家にいるときはいつも優しい父ちゃだった。

「兄ちゃ、おらたちが都にきたのは父ちゃを助けるためでぇ」

香晶の声が硬く、熱くなる。その緊張した気配に怜景は改めて妹の顔を見た。香晶は怖いくらい真剣な顔をしている。

「どういうことだ？　父ちゃになにか……」

「黒省の森に関することなんだ。父ちゃはあの森に祟《たた》られた。だからおらたちは都に祟りを祓える祓霊師さまを探しにきたんだ」

「ふむ、それは吾の出番のようだな」

今まで大人しく話を聞いていた蒼薇が口をはさんだ。香晶とその夫は蒼薇に向き合うと丁寧に頭をさげる。

「お店で蒼薇さまが祓霊師だと聞いて驚きました。どうか、父ちゃを黒省の森の祟りから助けてくだせえ」

黒省の森は野生地ではなく、私有地だった。怜景や香晶が住んでいた村に先祖代々管理している一族がいる。それが地主の鎖だ。

だが一年前鎖の当主が倒れ、その土地は息子に譲られた。息子は若い頃から都市に働きにでており、めったに故郷に戻ってくることはなかった。そのため黒省の森に対する畏れの念が薄かったのだろう。

息子は黒省の森というやっかいな土地を持て余し、それをまったく土地とは縁のない都の材木商に売り払ってしまった。

村のものたちはその暴挙に眉をひそめた。黒省の森は禁足の森、今にきっと恐ろしいことが起きる……。

何も知らない材木商は森から木を伐《き》り出し始めた。土地のものは誰も働き手になろうとしなかったので、わざわざ隣村から人を雇った。

木材を荷車に積んで初めて出発しようとした日、つないでいた馬が突然暴れだし、木材が崩れ落ちて作業に当たっているものたちが怪我《けが》をした。

それを始めとして、木を伐っていたものたちがなにかにかぶれて斧《おの》が持てなくなった。作業を監督していたものがひどい腹痛を起こして動けなくなった。

ここへきて作業をしていたものたちは村の人間から黒省の森の祟りの話を聞き、みな恐れて逃げ出してしまった。

都にいた材木商は困惑し、怒り、再度人員を集めようとした、その矢先。

彼は川に落ちて亡くなってしまった。

材木商が死んで、もう黒省の森に手を出すものがいなくなったと村では安堵《あんど》の空気が流れた。しかしそんな折、問題が起こった。

土地を受け継いだ銷の幼い子供が、行方不明になった。森に向かって歩いて行くのを見たものがいるという。

子供が黒省の森に入ったらしい。しかも森を売った銷の子供だ。

「これは黒省の森が子供をとってしまったんだ」

村人たちはそう囁きあった。

銷は恐怖した。村人たちに頭をさげて息子を捜してほしいと頼んだ。

「黒省の森に入ったらもうそれは森のものだ」

「持ち帰れば祟られる」

村人たちは誰も引き受けなかった。けれど——

「父ちゃが連れ帰ったのか」

そこまで聞けば怜景にもわかった。師ならばそうするだろう。幼い子供を見殺しにはしない。

「そうだ。父ちゃは森の奥の泉のそばで子供を見つけて連れて帰った。その日から子供も父ちゃも倒れてしまって起き上がれねえんでえ」

香晶は涙を浮かべながら言った。

「どうかお願いします、蒼薇さま。父ちゃたちの祟りを解いてやってくだせえ」

「なかなか凄《すさ》まじい話だな」

蒼薇は楽しそうに言う。

「そこまで強力な祟り……根源がなにか興味がある」

「遊びじゃねえぞ」

美しい顔ににやにや笑いを浮かべている蒼薇を見て、怜景は渋い顔をした。

「あの村で育ったものはみんな黒省の森の怖さを教え込まれているんだ。呪《のろ》いや祟りが本当にあるのかは知らないが、『してはいけない』と言われていることにはなにかしら理由があるんだよ」

「事件には必ず原因がある」

蒼薇は言い聞かせるようにゆっくりと言った。怜景はうなずいた。

「……高の言葉だな」

「そうだ。原因を調べよう、お主の父のためにも」

「そうだな」

怜景は腕を組んだ。

「だが俺は勝手に華京府を出ちゃいけねえと言われている。出るためには励真殺しの犯人を捕まえる必要があるんだ。なんとかしないとな……」

四

事件を解決しようと言っても素人の怜景にはなんの考えも浮かばなかった。とりあえず高に相談するために宿を出て伽蘭街へと向かう。

もう日は落ちかけて城西区の金砂通りは柔らかい黄金色に包まれていた。店の軒先に飾ってある装飾品が、夕日にきらめいている。

「この街は黄昏時《たそがれどき》が一番美しいんだ」

買い物客も多くなり、細い路地などではすれ違うのもやっとだった。

「……怜景」

不意に蒼薇が先を歩く怜景の袖を摘まんだ。

「なんだ？」

「霊がいる」

蒼薇が人通りの多い道に鋭い目を向けている。

「そりゃどこにだっているだろう」

「娘に取り憑いているんだ」

「ええ？」

蒼薇の言う方向に目を向けると、まだ若い少女がうつむき加減で歩いてくる。

「見えるようにしてやる」

蒼薇が怜景の手を握ると、怜景にも見えた。少女の背後に白っぽい影が見える。怜景は驚いた。

「あれは励真じゃないか！」

間違いない。細い鼻筋や体つき。一緒に酒を飲んだ励真だ。

「励真？　殺された妓女か？」

「なんであんなところに……あの娘に憑いているって……」

怜景は少女に向かって走り出した。はっと少女が顔を上げ、怖いものでも見たような表情になる。

「おい、お前――」

声をかけると、少女は逃げ出した。客で混み合う路上を走り、細い路地に飛び込もうとする。だが、混雑した路地では思うように身動きもとれず、怜景はすぐに少女の細い肩を捕まえた。

「ごめんなさい！　ごめんなさい！　すぐに返すつもりだったの！　だから返しにきたの！　ごめんなさい！」

少女が泣き叫ぶが意味がわからない。とにかく人通りの多い場所で若い娘を泣かせていると誤解を生みそうなので、怜景は彼女をなだめながら金砂通りに戻った。

少女の背後には相変わらず白い励真がいる。怜景に気づいていないのか、悲しげな顔で少女を見つめている。

「どうして励真がいるんだ」

怜景はこっそりと蒼薇に聞いた。霊が憑いているなどと言えば少女は恐れるだろう。

「わからない。彼女を守っているわけでもなさそうだが……」

蒼薇はじっと少女を見た。視線に気づいた少女が、泣いていたことも忘れたようにぱっと顔を赤らめる。

「お主の名は？」

蒼薇が尋ねると少女はうっとりとした顔で答えた。

「青桃です、旦那さま……」

「青桃？」

怜景は驚いた。その名は励真の世話子、妓女見習いの名ではないか。

「お前が励真を殺したのか!?」

いきなり大声で怒鳴った怜景に、青桃は怯えた表情で首を振った。

「ち、違います！　あたしじゃありません！」

「じゃあなんで励真がお前に憑いているんだよ！」

「ええっ！」

青桃は仰天して背後や左右を見回した。

「励真さんが……励真さんがあたしに!?」

「そうだよ、お前の後ろで悲しそうな顔をしているぞ！」

そう言ったとたん、青桃は「きゃーっ！」と叫んで顔を覆った。

少女が落ち着いてから怜景と蒼薇は話を聞いた。とはいえ青桃は怯えきっていて、なかなか順序だてて話すことができなかったのだが。

「励真さんに頼まれたんです……」

金砂通りにある飯店で、温かい汁椀《しるわん》を前にして青桃は話した。

「この紙と、この……かんざしを渡されました」

そう言って青桃は自分の頭に挿したかんざしに触れる。小さな鈴の形をした花。函の工房にあったものと同じだ。鈴はちりんと澄んだ音を立てた。

怜景は青桃から折りたたんだ紙を受け取った。開くとそれにはびっしりと人の名と数字が書かれている。名は全て女性のものだ。

「あの日、最後のお客さんは沈さまでした。沈さまが帰られたあと、片付けるために部屋に入ると、励真さんがとても怖い顔をしてこの紙を見てらっしゃいました」

青桃はそのときのことを思い出したのか、ぶるっと身を震わせる。

「それでこれを城西区の函さんに届けるようにと、自分からだとわかるように、かんざしも一緒に渡されました。それですぐに部屋を出たんですが、そのとき戻ってらっしゃった沈さまとすれ違いました」

怜景は驚いた。

「すれ違ったって、お前は沈の顔を知っているのか?」

「いいえ、沈さまはいつも黒い布で顔を覆ってらっしゃって、店のものも知らないんです。その同じ覆面でしたので」

それを聞いてがっかりする。では容貌を聞いても見つけることはできない。

「戻ってきた沈はどんな感じだった?」

「とても急いでいたようで、走ってらっしゃいました。あたしも突き飛ばされてしまって……沈さまは励真さんの部屋の扉をすごい勢いで叩いていました」

沈はいったいなにをそんなに焦っていたのか。

「もう夜遅かったので、明日朝一番に城西区に行こうとその日は部屋に戻って休みました。それで起きてきたら励真さんが……」

「どうしてそのことを楼主や取り調べの警士に言わなかったんだ」

怜景が少し強い調子で言うと、青桃は深くうなだれた。

「……かんざしが……」

「え？」

青桃が顔を覆って泣き出した。

「励真さんのかんざしが欲しくなったんです。黙っていればかんざしはあたしのものになるって思って……」

「お前な……」

怜景は呆れてため息をついた。ちらと背後の励真を見ると、悲しげな顔をして首を振っている。

「だけどどんどん怖くなってきて……沈さまはあの夜あたしの顔を見ています。もしかしたらあたしも殺されるかもって。だから言われたとおり函さまにお会いしようと……」

青桃は頭からかんざしを抜いた。

「それでも少しの間だけでもこれを挿していたいと思って……励真さんがずっとつけていたかんざし……とてもきれいでずっと憧れていたんです。すみません勝手に……」

しょんぼりする青桃に、背後の励真は穏やかな顔で微笑む。少女のちょっとした願望を許したのだろう。

「殺したのは沈で間違いなさそうだな」

青桃を楼へ帰し、怜景と蒼薇は函の店へ逆戻りした。さっきまで夕日にきらめいていた街は、今はもう店を閉め、夜の中に沈んでいる。同じ通りとは思えないくらい、静かだった。

「だが、この紙はなんだ?」

蒼薇は紙を上にしたり下にしたりして見た。ただ名前と数字が並んでいるだけだ。

「おそらくだが……これは値付け表だ」

怜景は蒼薇の手から紙を取り上げて言った。

「値付け?」

「人買いが商売するときに使うんだ。前に励真に聞いたことがある。彼女も人買いにさらわれて売られたと言っていた。きっとこういうのを見たことがあるんだろう。だからすぐにわかったんだ」

函の店でかんざしを見せると、さっきあれほど泣いたのに、また大泣きした。励真はそんな函に寄り添って涙を流している。

励真の思いはかんざしに宿ったのだ。このかんざしがある限り、励真は函のそばにいられるだろう。

「そ、そういえば……」

函はかんざしを手にしゃくりあげながら言った。

「あのときは励真のことで頭がいっぱいで思い出しもしなかったんですが」

函の手の中でかんざしの鈴がちりちりと震える。

「励真のところへ通っていたとき、男に脅されました」

「脅された？」

「励真から手を引けと。たぶん、あれが沈という男だったんじゃないかと思います。励真に一度だけ容貌を聞いていたので」

「沈の顔を見たのか!?」

ここにきて手がかりができた。怜景は勢い込んで函の肩を摑んだ。

「はい、特徴的な顔でした。顔がとても大きくて黒子がいくつもあって……ただおかしなことに、沈は連れの男に「ドゥの旦那」と呼ばれていたんです。あだ名かもしれませんが」

「ドゥ……？」

つい最近どこかで聞いたな、と怜景は首をひねった。だが、函が沈の顔を知っていたのは大きい。

「函さん。あんた、警司処へ行って沈の似顔絵を作れるか？」

「はい、もちろんです！」

「じゃあ明日一番で行ってくれ。警司処も沈を追っている。沈が一度帰った後戻ってきたっていう証言もあるから犯人は沈で決まりだ。あんたの似顔絵があれば捕まえることができる」

「明日じゃなくて今すぐ行きますよ！」

「そうか、じゃあ俺と一緒に来てくれ。信頼できる警士がいる」

怜景たち三人は夜の中を急いで伽蘭街へと向かった。青桃の話と函の話を合わせれば沈を必ず捕まえられるだろう。

伽蘭街の門をくぐり、警司処へと急ぐ。ようやく灰色の建物が見えたとき、怜景は

「おっと」と建物の陰に身を隠した。蒼薇と函もあわててそれに倣う。

「どうしたんだ、怜景」

「警司官だ。あいつ苦手なんだよ、俺をしつこく犯人扱いしやがった」

目の前を篤警司官がのしのしと歩いて行く。まったくあの顔、殴りつけてやりたくなる。

怜景のすぐ横で息を呑《の》む音がした。

「……あいつだ」

振り向くと函が目玉が転げ落ちそうなほどに目を見開いている。

「あ、あの男が沈です。俺を脅したやつ、励真が怖いと言っていたやつです！」

「なに？」

「ドゥの旦那と呼ばれていたのはあの男です！」

ドゥ――篤《ドゥ》――聞いたことがあるはずだ。すぐに思い至らなかった自分を殴ってやりたい。

「あいつが……沈だったのか」

怜景は忙しく頭を働かせた。このまま函を連れて行ったらどうなるか……。

篤は函の顔を知っている。しかし自分が沈だと函が知っているとは思っていないから大丈夫か？　だが函が篤を指さしてそいつが沈だと言っても信用されるだろうか？

篤は警司官の権力を使って函を黙らせるかもしれない。函を犯人に……いや、それどころか殺してしまうかも。

怜景は腹を決めた。

「函さん、あんたいったんここから離れてくれ」

「な、なんでですか⁉ 沈がいたんですよ、すぐに捕まえなきゃ！」

函は噛みつきそうな勢いで怜景に摑みかかった。

「あいつは警司官だ。警士の上の役職だ。ここで乗り込んでお前が沈だと言っても取り合ってもらえないばかりか、逆にあんたが捕まってしまう恐れがある」

蒼薇が紫水晶の目をぱちぱちさせながら怜景を覗き込んだ。

「どういうことだ、怜景。あいつが沈なんだろう？ そのまま捕まえればいい」

怜景は首を横に振った。

「篤は簡単に証拠をねつ造できるってことだ。あいつが俺を執拗《しつよう》に犯人扱いしてたのも、さっさと事件を終わらせたかったからだろう」

函は拳を握り、今にも警司官に飛び付きそうな形相で睨んでいる。

「あいつを、野放しにするつもりですか……っ」

「そんなつもりはない。だが正面から乗り込んでもだめだ。函さんは身の安全のために店に——いや、しばらくどこかに隠れていてくれ」

「わ、わかりました……」

怜景が強く言うと函はしぶしぶ承諾した。何度も振り返りながら戻っていく。それを見送り、姿が見えなくなったところで怜景は蒼薇に声をかけた。

「行こう。高に会うんだ」


怜景は警司処の入り口で高を呼び出そうとした。だが、いったん中に入った門番の警士は、あろうことか篤警司官を連れて戻ってきてしまった。

「なんだ、お前か。自首しにきたのか」

篤警司官は右頬の黒子をいじりながらそう言った。

(この、野郎!)

怜景は怒鳴りたい気持ちを抑え、丁寧な口調で答えた。

「高警士に会いに来たんですよ」

「高は別な任務でな、他の楼で盗難事件があったようなのだ。代わりに聞こう」

「警司官どのに対応していただくような話じゃないんですよ。高がいないならけっこうです」

「いやいや、せっかく来てくれたんだ。高に聞かせる話があるならわしにも聞かせてくれよ」

篤は馴れ馴れしく言って怜景の肩に腕をかけた。すぐそばで蒼薇が（やろうか？）と拳を握っている。

「いや……」

怜景は考えた。こちらにある証拠は函が「沈と名乗る篤を見た」ということだけだ。もっと確かな証拠が欲しい。

「それがその……」

怜景がためらっていると、蒼薇がずいと篤の前に出た。

「我らは青桃から渡したいものがあると言われたのだ」

「お、……」

さすがの警司官も蒼薇の美貌にうろたえたように一歩さがった。じろじろと値踏みするように上から下まで見る。

「なんだ、お前は」

「怜景の同僚の蒼薇という。紫燕楼で祓霊師をしている」

蒼薇はそう言いながら篤の腕を怜景の肩から外した。

「祓霊師だと？　馬鹿馬鹿しい……。それより青桃というのは？」

「妓女見習いで励真の身の回りの世話をしている娘だ。死ぬ前の励真からなにか受け取ったらしい。それを取りに来てくれと言われていたのだが、一応、高に報告しておこうと思ってな」

篤の唇が引きつった。笑いたいのを堪えたのか。

「そうかそうか、ではわしが取りに行こう。お前たちはもう戻っていいぞ」

「いや、無理だ。青桃は吾らでないと渡さないだろうな」

むっと篤が薄い唇を引き結んだ。目の縁がぴくぴくと痙攣《けいれん》している。

「吾らはこれから遊梨楼へ向かうのでお主も一緒にくればよい」

怜景は蒼薇の腕をとって強引に自分の方へ引き寄せた。

「お前っ、なにを考えている！」

「篤が犯人である証拠が必要なのだろう？」

小声で叱咤《しった》した怜景にあわせて蒼薇もひそひそと答える。

「そうだが、どうするつもりだ」

「まあ吾に話をあわせてくれ。励真の部屋に連れて行く」

怜景は息をひとつ吐き捨てると篤を振り向いた。

「俺たちがそれを受け取ってからここへ持ってきてもいいんだが」

「……いや！」

篤は焦った様子で言った。

「一緒に行こう。なにか事件に関係のあるものなら警司処で預からねばな」

遊梨楼へ向かう途中で、夜中だというのに鳥が飛んできて蒼薇の肩にとまった。黄色いインコ、トーファだ。

「なんだ、その鳥は」

篤は蒼薇の肩の上で翼を羽ばたかせているインコに目を丸くする。

「これは吾が世話をしているインコだ」

蒼薇は指先でトーファのくちばしをかいてやった。インコは嬉しそうに蒼薇の顔に頭をすりつける。

「インコ、にしては大きいな」

「餌がいいのだ」

蒼薇は自慢げに言った。トーファがインコにしては大きいというのは怜景も同意だ。

「鳥は目がいい。自由に飛び回らせているのだが、吾を見つけて降りてきたようだ」

「鳥は夜目が利かないんじゃないのか？」

「トーファは特別だ」

蒼薇はすまして歩いて行く。歩きながらインコになにか話しかけているようだった。トーファは首を振るとまた飛び立っていった。

「鳥が逃げたぞ」

「家へ戻ったのだろう」

蒼薇は気にしない。おそらく蒼薇はインコを呼んだのだろう、と怜景は思っている。今飛び立ったのもなにか意味があるのかもしれない。

遊梨楼につくと楼主が制服姿の篤を見て嫌な顔をした。夜中に警士が楼へ入るのは営業妨害ともいえる。

「青桃という妓女見習いに会いたいんだ。できれば励真の部屋がいい」

怜景が言うと仕方がないという顔をして通してくれた。あとで青桃を部屋にやるという。

怜景、蒼薇、篤の三人は励真の部屋に入った。部屋の中は昼間の散らかりようが嘘のように片付いていた。

「ようやく片付けの許可が下りたんだな」

「この部屋は調べてもなにも出なかったからな」

怜景の言葉に篤がそう答える。怜景はそっと懐の紙に触れた。

おそらく沈――篤が部屋を荒らして捜したのはこの紙だろう。そのあとも部下を使って捜していたのか。

篤は励真と時間を過ごした後、この紙を部屋に忘れてしまったのだ。それで慌てて取りに戻り、青桃とすれ違った。

そして励真を問い詰め、紙を渡さなかった彼女を怒りにまかせて殺してしまったのだ。人身売買用の紙を警司官が持っている、そのことが篤の立場を悪くするのは明白だ。彼は警司官という立場を利用して、拐《かどわ》かしに関わっているのだから。

扉が小さく叩かれた。「おはいり」と蒼薇が言うと青桃が顔を覗かせる。

青桃は制服姿の篤を見て、びくついた顔になったが、怜景と蒼薇がいることにほっとしたようだった。

「見習いの青桃だね？」

蒼薇は優しい声音で言った。

「こちらへおいで」

青桃はおずおずと蒼薇に近づく。蒼薇はふわりと長い袖をなびかせて、青桃の両手を取った。

「怖がらせてすまないね。お前の知っていることをもう一度聞きたくてね」

青桃は蒼薇の白い花のようなかんばせにぼうっとした目を向ける。若い娘に蒼薇の美貌は毒だ。

「お前は昨日の夜、励真からなにかを受け取ったと言ったね」

「は、はい。旦那さま」

「受け取ったものを教えてくれるかい？」

「はい、……紙とかんざしです」

青桃はうわずった声で答えた。

「その紙を見たかい？」

「はい、ちらっとですが」

青桃の答えに篤からぴりっと殺気が放たれた。

「なにが書いてあった？」

「文字と数字です。でもあたしは文字が読めないので……」

篤からの圧力が霧散する。

「励真はいつもお前にそうやってなにかをくれるのかい？」

「ときどきは。励真さんは親切な人だったから」

「そうかい。前には他になにをもらったんだい？」

蒼薇はゆっくりとした口調で関係のないことも聞いている。怜景は篤がイライラし出していることに気づいた。なぜ蒼薇はわかりきったことをこんなに時間をかけて話しているのだろうか……。

(時間稼ぎか!?)

はっと気づく。理由はわからないが、蒼薇は篤をこの部屋に留《とど》めておきたいのだ。

「おい――」

篤が地を這《は》うような低い声で言った。

「いったいさっきからなにを聞いている。早く励真からもらったものを渡さないか！」

ついに我慢の限界がきたような篤が怒鳴った。青桃がびくっと身をすくめ、そして血の気の引いた顔で篤を見た。

「あ、あなたは――沈さま……！」

はっと篤が身を硬くする。蒼薇は青桃の手を握った。

「彼が沈？　なぜそう思う」

「声が――声が同じです。あのとき『邪魔だ』って……あたしを突き飛ばして励真さんの部屋へ」

そうだ。確かに慌てて戻ってきた沈に突き飛ばされたと青桃は言っていた。

「なにを馬鹿な。声が似ているからといってどうだと言うんだ。さあ、早く励真から受け取った紙を渡さないか」

篤が青桃に向かって一歩踏み出す。少女は小さく悲鳴をあげて蒼薇の背後に隠れた。

「紙なんて、紙なんて持ってません！　紙はその人に渡しました！」

青桃は蒼薇の背から指を伸ばして怜景を指し示す。篤が目を見開いて寝台のそばにいる怜景を振り向いた。

「なんだって!?」

「……お前が捜していたのはこれか？」

怜景は懐から四つ折りにされた紙を取り出し広げてみせた。女性名と付け値の書かれた紙。

「貴様……騙《だま》したな」

篤が細い目をより細めて怜景をねめつけた。

「励真の部屋に忘れ、それを取りに戻って彼女を殺した。沈と名乗っていたのはお前だな」

「馬鹿なことを」

篤はにちゃっと頬を歪《ゆが》めて笑った。

「わしが沈だって？　そんな証拠がどこにある」

「今、青桃が言った。それに別の人間に証言させることもできる。あんたが沈と呼ばれていたことを知ってるものだ」

「ほう。だったら呼んでこいよ」

篤は余裕の表情だ。やはり証人くらいは平気で潰すことができるのだろう。

「大体その紙がわしのものだという証拠だってないぞ。名前でも書いてあるのか？」

「いや、残念ながら署名はないな」

「じゃあそれを寄越《よこ》せ。犯人の手がかりだ」

篤がつかつかと怜景に近づいてくる。怜景はあわてて寝台から離れ、蒼薇のもとへ身を寄せた。

「いい加減にしろ！」

篤が怒鳴る。蒼薇は美しい泉のような顔にかすかに笑いのさざ波を刻んだ。

「この部屋は励真の部屋だ」

「なに？」

「ここで彼女は殺された。彼女がここに心を残していないと思うのか？」

「なにを言っている」

「吾が祓霊師だと忘れたか？　祓霊師は霊を祓うだけではない、呼ぶこともできるのだぞ」

えっと怜景は蒼薇を見た。励真の霊はあのかんざしに憑いている。ここにはいないと自分で言ったじゃないか――。

と、考えた怜景の前に白い影のようなものが立ち上がった。ひいっと悲鳴を上げたのは青桃だ。篤も驚いて飛びすさる。

それはゆらゆらと揺れながら形をとった。ほっそりとした女性の姿だ。輪郭がはっきりとしない、目を凝らしても焦点が定まらない、まるで暑い日の地面の上に現れる陽炎《かげろう》のような姿だ。

「励真……さん……」

青桃が喘《あえ》ぐ。篤は石のように硬直し、それからぶるぶると頰の肉を震わせ始めた。

「励真……！」

水に滲《にじ》む絵のように、空気に溶け込んだ励真が篤に近づく。篤は恐怖の表情になり首を振った。

「よせ……っ！　近づくな……っ！」

「励真は仇を討ちたいようだぞ、自分を殺したものに」

蒼薇が冷たく言う。篤は絶望の表情を浮かべたが、折れそうになった膝を立て直し、腰から長剣を引き抜いた。

「だ、誰が仇だ！　わしは取りかえそうとしただけだ、貴様が大人しく渡さないから……っ！」

篤は剣を振りかぶった。青桃が悲鳴をあげる。

「取り憑けるものなら取り憑いてみろ！　何度だって殺してやる――っ！」

「そこまでだ！」

声と一緒に扉が蹴り開けられ、警士の一団が入ってきた。先頭は高警士。

「話は扉の向こうで聞かせてもらった」

高の声がこのうえなく頼もしく部屋に響き渡った。励真の姿は扉が開いたと同時に消えている。

「篤警司官。励真殺害の容疑で捕縛する」

高が抜刀して切っ先を篤に突きつけた。篤はまだきょろきょろと励真を捜しているようだった。

「剣を置きなさい」

高が命じる。篤は初めてその声が聞こえたように高を見た。それから、

「うわあああっ！」

篤は叫び声をあげると剣を高に向けて突進した。高はするりと身をかわし、柄《つか》を篤の剣に叩きつける。篤は悲鳴を上げて剣を取り落とした。高と一緒に来ていた警士たちが上司の体を確保する。

「放せ！　放せ！　貴様ら誰に何をしているかわかっているのか！」

篤は叫びながら引きずられていった。

入れ違いに部屋に入ってきたトーファがばたばたと蒼薇の肩に舞い降りる。

「トーファが連れてきたのか」

怜景の言葉に蒼薇がにこりと笑う。あのとき、インコに言い含めて高を連れてこさせたのだろう。伽蘭街で仕事をしているのならトーファにも探すことができる。時間

稼ぎは高を待っていたのだ。

「高警士、これを」

怜景は人身売買の紙を渡した。高も一目見てそうだとわかったらしい。

「篤はこのために励真を殺したんだ。あいつは人身売買の一味、もしくは協力者だ」

「そうか……」

高は沈痛な面持ちで紙を見つめた。同僚――上司がそんな非道な組織に関わっていることに衝撃を受けたのか。

「それにしても」

高は顔をあげて部屋を見回した。

「証言は俺たち全員で聞いたが、霊を使うのは証拠にならないぞ。第一報告書にどう書けばいいんだ」

「でっちあげは警司処のお得意だろう」

怜景が軽口を叩くと冷たい目で睨まれる。

「厳密には霊ではない」

蒼薇が得意げに言った。

「部屋に残る励真の思いを使った。集めるのに苦労したが成功してよかった」

「霊じゃないのか」

怜景は驚いた。

「霊がここにいないのは知ってるだろう?」

蒼薇がなにを今更という顔をする。青桃が怖々と蒼薇の背後から顔をだした。

「リ、励真さんはいないのですか……」

目に涙が浮かんでいる。

「あたし、あたし……励真さんにお詫《わ》びしたい……」

「励真はかんざしに憑いて函と一緒にいる。いつか訪ねて謝ることができるだろうよ」

蒼薇が言うと青桃の頬にポロリと涙が落ちた。

終

「これで励真殺しの疑いは晴れただろ? 俺はちょっと街を出る用事がある」

怜景は高に言った。

「ああ、構わない。どこに行くつもりだ?」

「故郷だ。少し問題が起こっていてな」

「そうか。裁判では話を聞く必要もあるが……長い間戻っているのか?」

怜景はちょっと考えた。

「まあそんなに長くはかからないとおもう」

蒼薇を見て笑う。

「そうだな？」

蒼薇も微笑んでうなずいた。

「吾に任せておけ」

「それにしてもトーファの伝言でよく来てくれたな」

「ああ……」

高が少しだけ頬を緩めた。

「盗難の話を聞いていたらいきなり窓から入ってきてな。『ユウリロウ、ハンニンハンニン、スグコイ、ソービ』と叫ばれた。インコの話は真白《チエンバイ》から聞いていたからわかったのだが、もうこういうことは止めてくれ」

「よくそれで来たな」

「お前たちが関わっているからな。おかしなこともあり得るだろう」

高は蒼薇に近づくと、その肩のインコに人差し指を近づけ、「よしよし、お利口でちゅねー」と気色悪い声を出した。

なんだ、ただの鳥好きか。インコは嬉しそうに頭を擦りつけた。

怜景は蒼薇と遊梨楼を出た。思ったより早く片付いてよかった。さあ、次は――。

「行こう、蒼薇」

「うむ」

怜景は妹の待つ宿へと歩き出した。

第二話　黒省の森

序

励真事件が解決した翌朝、怜景は龍の姿に戻った蒼薇に乗って旅立った。

妹夫婦には「俺たちはちょっと別の方法で行くから、お前たちより早く着ける」と告げた。妹は別の方法とやらについて尋ねたが、蒼薇が不思議な術を使うと答えるとあっさり納得した。

「蒼薇さまのような方なら空を飛ぶと言っても信じられそうでぇ」

うん、実際空を飛んでいくんだ。

怜景は目を刺す冷たい風に何度もまぶたを閉じた。

龍は雲の中をぐんぐんと飛んでゆく。ときおり雲の切れ目に緑の大地が見えた。都市を離れるまでは姿を見られないように雲の中を進まなければならない。

紫燕楼の楼主にもしばらくの休みをもらった。臥秦は怜景と蒼薇がいなくなることにすぐには首を縦に振らなかったが、珍しく蒼薇が強く出た。

「隼夫がひとりふたりいなくなっても誰も死なないだろう？　妹ごの村では確実に二人、いや、もしかしたら村全体が危険なのだ。楼主、一つの村を滅ぼす覚悟がお前にあるか？」

蒼薇は決して声を荒らげたりしない。静かな口調だったが逆に楼主は震え上がった。

「わかったわかった！　その代わりちゃんと戻ってこいよ、絶対に危険なことはするなよ、あちこちふらふらしてるんじゃねえぞ、親父《おやじ》さんへの土産は用意したのか？」

そう口うるさい母親のようにくどくどと見送られ、ようやく出発したのだ。

「故郷の村までどのくらいかかる？」

怜景は蒼薇の背の上で言った。何度か乗った経験から、今度は蒼薇の上に毛布を敷き、自身は毛皮の長衣を着てべたりと腹ばいになって摑まっている。

落ちないように自分と蒼薇を革の帯で締め、足にはあぶみをはめた。これでかなり快適に乗ることができる。

「半日もあれば着けるだろう。明るいうちに行きたいな」

「そうか、頼むぜ」

「任せろ」

蒼薇が速度を上げた。顔に氷の粒がぴしぴしと当たる。怜景は首に巻いていた布を鼻の上にまで持ち上げた。

(水が昇って雲になるというのは本当なんだな。雲の中は氷の粒でいっぱいだ)

怜景は手袋をはめた手で目をぬぐった。

(睫毛《まつげ》が凍りそうだ)

そう思ったとき、蒼薇が雲から出た。周りの空気がわずかに柔らかくなる。

「この辺りは人がいないから下の方を飛ぶ」

見下ろせば下は険しい山々だ。妹たちはこんな山を重い荷物を背負って越えてきたのだ。

そうだ、自分も一〇年以上前、この山を越えた。復讐を遂げるまでは戻らないと誓って。だが。

大恩ある師、親とも慕った人のためなら、すでに死んだ人間より優先するのは当たり前だ。

少し前はそう考えはしなかったかもしれない。だが今のこの考え方を怜景は気に入っている。

「もうじき着くぞ」

蒼薇が声をかける。怜景は龍の体にぎゅっとしがみついた。

一

広い田畑が見えてきた。怜景と香晶の故郷、庚林《ゴンリン》の村だ。村の北の方に緑の濃い円い場所がある。あれが黒省《ヘイシンセン》の森だ。さきにそっちを見てみよう、と蒼薇が言い、怜景は賛同した。

不思議なことに森は誰かが指でなぞったようにほぼ正円を描いている。中心に泉があり、それは真上からは緑の中に開いた穴のように見えた。

水の色が黒いからだろう。通常は空を映して青く見えるはずなのに、あの泉の水は黒い。黒省の森の名の謂《いわ》れはこの泉からきているのかもしれない。

蒼薇は注意深く森の上を飛んで、少しずつ高度を下げた。

「どうだ？　なにか感じるか？」

怜景が蒼薇の背から尋ねた。

「いや、まだ分からない。もう少し降りてみる」

「気をつけろよ。黒省の森の祟りがどの範囲までかわからないからな」

「ああ」

蒼薇は円を描くようにして森の上を徐々に降りていった。木々の形が見えるくらいまで降りたとき、蒼薇はいきなり跳ね上がった。

「うわっと！」

怜景はあわてて摑まる。革帯で縛っていたおかげで落ちはしなかったが、背中を思い切りのけぞらせてしまった。

「そ、蒼薇！」

「すまない、だが、今……弾かれたのだ」

蒼薇はくるくると回ると、姿勢を正して空にとどまった。

「え？」

「なにかいるぞ」

蒼薇は深い穴のような泉を睨みながら言った。

怜景たちは黒省の森を離れ、再び庚林の村に向かった。村の外れで地上に降り、そこから歩いて行く。目の前には穏やかな風景が広がっていた。

田んぼはもう稲刈りが終わって茶色い地面を見せていたが、白菜や芋の畑は青々としている。村人たちがぽつりぽつりと作業していた。遠くから見れば黒省の森も村の背景として美しい森に見える。

青空が見渡す限り広がっている。

どこもかしこも建物が建って、その隙間から空が覗く伽藍街とは大違いだ。風の流れも時の流れもゆったりとしているような気さえしてくる。

「蒼薇、こっちだ」

怜景は早足で家に向かい、屋根が見えたときにはもう駆けだしていた。

「父ちゃ！」

石を組み上げて建てられた小さな家、柵で囲まれた敷地内には鶏がうろついている。山羊もいたはずだが今は草を食べに外に行っているのかもしれない。

木の扉を押し開けて中にはいると、年老いた女が驚いた顔で迎えてくれた。

「あんれまあ！　小怜《レイちゃん》じゃないかね！」

「茶天《チャティエン》おばさん!?」

子供の頃、女親のいない怜景と香晶の面倒をなにくれとなく見てくれた近所の女性だった。

「あんたまあ、ずいぶん立派になって！　仁導《レンダオ》さん！　仁導さん！　小怜が帰ってきたでえ！」

おばさんは布を下げて仕切ってある一角へ飛び込んだ。暖炉のそばのそこは家族の寝室だった。師をはさんで怜景と香晶はいつもくっついて寝ていたのだ。

「父ちゃ……」

その寝台に師は――父は、一人で寝ていた。記憶にあった姿よりずいぶんと年老いて痩せていた。頬からはげっそりと肉が落ち、まるで髑髏《どくろ》に皮が貼り付いているように見える。

「父ちゃ……俺だ、怜景だ」

怜景は寝台にゆっくりと近づいた。固く閉ざされていた父、仁導のまぶたが開き、怜景を見上げる。病み衰えた顔の中で、目だけは昔と変わらず強い意志を放っていた。

「父……」

「怜景……、なにしに、きた」

「えっ」

掠《かす》れた声だったが、はっきりと聞こえた。

「帰れ」

「父ちゃ……」

「戻ってこいと、誰が頼んだ！」

骨と皮だけなのに言葉の強さは昔のままだ。気圧《けお》されて思わず後ずさってしまう。

「仁導さん、そんなこと言うもんでねえだ。せっかく自慢の息子が帰ってきてくれたんだでえ！」

おばさんがぴしりと言う。それに仁導は大きなため息をついて目を閉ざした。

「怜景、黒省の森の祟りに、関わるな。これは、人には、どうすることもできん」

「だ――大丈夫だ、父ちゃ。黒省の森の祟りを祓えるやつを連れてきたんだ」

怜景は振り向き戸口に立ったままの蒼薇を呼んだ。彼が室内に入ると、小さな窓しかない部屋の中がぱっと明るくなったようだった。

「ひゃえー」

茶天おばさんが変な声をあげ、あとずさる。

「なんちゅう……なんちゅう……べっぴんさんや……！」

蒼薇は寝台のそばによると頭を下げた。

「初めまして。怜景の同僚の蒼薇と言います」

仁導はかっと目を見開いた。その顔には蒼薇の美貌に驚いたというよりは、敵に対《たい》峙《じ》したときの緊張が表れていた。

「お前は、なんだ⁉」

仁導は鋭く言った。

「その気は……その、膨大な気の流れは、どうしたことだ。お前は人間か！」

武芸の達人である仁導は人の気の流れを感じ取ることに長《た》けている。蒼薇を一目見て、彼から人間とは桁違いの気が溢《あふ》れていることに気づいたのだろう。

「なにを言っとるでえ、仁導さん。そりゃあこんお人は人とも思えぬほど美しい方だけども」

　おばさんがとりなしても仁導の警戒は解けない。怜景はさっと蒼薇と仁導の間に割り込んだ。

「父ちゃ。不審に思うのはわかる。だけど安心してくれ」

　怜景は仁導のそばに膝をつき、手を握った。

「蒼薇は俺の友だ。彼は確かに特異な力を持っているが、それは俺や父ちゃを害するものじゃない。彼は祟りを祓うために来たんだ！」

　それでもしばらく仁導は蒼薇を睨んでいたが、やがて大きく息をついて目を閉じた。体から力が抜けるのがわかる。

「怜景、儂はいい。もしその人に、祟りを祓う力が、あるなら、銷の息子の祟りを、祓ってほしい」

　仁導は急に弱々しい口調で言った。いっきに緊張が解けたようだった。

「銷の息子……父ちゃが助けた子供だな？」

「そうだ。あの子は都で生まれ、黒省の森のことなど、知らずに育った。なにも、知らないのだ。今頃どうなって……いるか」

「怜景の父御どの」

　蒼薇が膝をついて仁導を覗き込む。

「安心なさい。祟りを祓えばその子もあなたも一度に治るだろう。吾はそのために来たのだ」

「うう……っ」

仁導は蒼薇の気に押されるように顔を背けた。

「怜景。お前は、とんでもないものを、連れてきたな」

「ああ、本当にとんでもないと俺も思うよ」

怜景は笑って蒼薇を見返した。

父や茶天おばさんに聞いた話は、香晶から聞いた話とほとんど一緒だった。医者が言うには、父の容態は、長年水銀鉱山で働いた人間たちに出る症状と似ているということだった。水銀鉱山では六〇歳を過ぎるとみな手足が麻痺《まひ》して言葉も出なくなる。だが仁導のように急激に麻痺が起こるのは見たことがないと言った。

祟りを祓えば父は元に戻るのだろうか？　帛国一の武術の使い手、誰よりも高く跳び、誰よりも強く、速く、拳を剣を使った。師匠仁導の舞うようなあの武闘を再び見ることができるのだろうか。

二

怜景と蒼薇は銷の家へと向かった。父に頼まれた、息子の容態を見るためだ。

銷の屋敷では門番も、怜景たちを案内する下女もみな暗く、疲れた顔をしていた。屋敷中を包む空気は、比喩ではなく物理的に重い感じがした。なにか分厚い蜘蛛《くも》の巣の中を進んでいるような気がするのだ。しかもこの臭い《におい》……。

「なにか泥くさいな」

下女についていきながら蒼薇がすんっと鼻を鳴らす。廊下は塵《ちり》一つないのになぜこんなに腐った泥のような臭いがするのだろう。

屋敷の主人の銷は、袍を何枚も重ねて着て長椅子にぐったりと腰掛けていた。よりそう妻らしき女性は村の女と比べて洗練された佇《たたず》まいだったが、同じように物憂げな様子だった。

「照仁導《ヂャオレンダオ》さんのところの怜景さんですか」

銷はまだ三〇代くらいの若さだった。細面に鷹目《めがね》をかけた文官のような顔をしている。全てに疲れ切っているようで、蒼薇を見てもわずかに目を大きくしただけで、表情は変わらなかった。妻の方はさすがに身を起こし、髪に手をやったりした。

「はい。妹から父の様子を聞いて戻ってきました。こちらは蒼薇。祓霊を得意とする術士です。呪いや祟りに関しても解決できるのではないかと連れてきました」

「祓霊師《フーリンシー》……」

夫婦の表情はあまり動かなかった。おそらくもう何度かお祓いや祈禱《きとう》を試しているのだろう。

「彼は本物です。都で何度も祓霊の経験があります。今回も父を助けるために来てくれました。父は手足が動かず寝たきり状態です。あなたのお子さんはいかがですか」

鎖はがっくりとうなだれた。

「うちの子は今は意識もありません。仁導さんが連れ帰ってくれたときは元気だったのですが、翌日から足が動かなくなり、次には腕が、それから目も開かず、口もきけなくなってしまいました」

鎖の声には絶望の色があった。

「今では水を飲み込むことも困難です。遠からず死んでしまうと医者に言われました。どうしてこうなってしまったのか……」

「そもそもなぜ黒省の森に手を出したんですか。あなただってこの村で育てばあの森がどういう森かご存じだったでしょう」

怜景の言葉を非難と受け取ったのか、鎖は弱々しく手を顔の前で振り、言い訳のように答えた。

「私は若いうちに村を出て、ずっと都で勉強し働いてきたんです。黒省の森のことはおとぎ話だと思っていました」

　銷は目を床に落としたまま言った。

「まさか本当に祟りが存在するとは思ってもいなかったんです」

「俺も父を助けるためになんとか祟りを取り除きたいんです。銷さんの家は代々あの森を守ってきた。あの森について何かご存じではありませんか」

「私も息子が寝付いてから黒省の森に関する資料はないかと探しました。しかし蔵で見つけたのはこのくらいです」

　銷が差し出したのは木簡や布、古びた紙の巻物だった。木簡の木はひび割れ、つないである紐《ひも》はもうぼろぼろになっている。布や紙は触れればくずれそうだ。

「見てもいいですか？」

「はい、どうぞ……ただあまりお役には立たないと思います」

　怜景と蒼薇は卓を借りてまず木簡を広げた。そっと動かしても紐はブツブツとちぎれてゆく。

「ずいぶん古い時代のもののようだ」

「木簡は犀《シー》の国でも使っていたな」

蒼薇は自分が眠る前にいた国の名を言った。

「三〇〇年以上前ということか」

古いものだが文字は黒々と残っていた。読んでみると、昔金色の星が落ちたと書かれている。

森の真ん中に星が落ち、人々が見に行くと星の吐く毒の息でみんな倒れてしまったと言う。

それ以来森を禁足の地にしたが、黄金の星を取りに何人もが森に挑み、ことごとく退けられたとあった。

次に布を開いてみる。これは布自体が虫に食われたか穴が無数に開き、読み取るのが困難だった。

最後の紙は比較的近い時代のものらしい。それには昔この辺りを治めていた領主の軍勢がやってきたことが記されていた。しかし。

「軍隊二〇〇〇が全滅している……」

怜景と蒼薇は顔を見合わせた。この資料は森に挑んだ人間の戦いの記録だ。しかも全敗ときた。

「銷の一族はこの頃から領主に命じられて地主となり、この近隣を治めたようです。木簡や布はそれ以前の記録をどうにかしてかき集めたのでしょう」

銷がうつろなまなざしで言った。役に立たない紙切れを役に立たない都の人間がひねくり回しただけだと思っているのかもしれない。

「結局正体はわからないか」

「やはり黒省の森に行ってみるしかないな」

怜景と蒼薇が話し合っていると、妻の方がおずおずと近づいてきた。

「あ、あの……森に行かれるんですか？　いつ……」

「できれば早いほうがいいと考えています。明日の朝早くにでも」

それを聞いて妻は夫に何事かひそひそと囁いた。夫がおそるおそるといった様子で話し出す。

「あの、それでは今晩お時間をもらえませんか？」

「今晩？」

「実は……夜になると家に化け物が現れるのです」

「なんですって？」

化け物。茶天おばさんも香晶も仁導のもとに化け物が来るとは言っていなかった。

それは銷家だけに出るのだろうか？

「毎晩どこからかやってくるんです」

夫婦は身を震わせて退治して欲しいと懇願した。

怜景たちは日が落ちたらまた来ると約束して銷家を出た。最後にちらとだけ見せてもらった銷の息子は黒ずんだ皮膚をして、か細い息を吐いていた。

家に戻ると茶天おばさんがご馳走を作ってくれていた。ご馳走と言っても庭にいる鶏をしめたもので、皿に載る野菜も近くの畑で作っているものだった。

「銷さんちの坊ちゃんはどうでぇ」

茶天おばさんは心配そうに言った。横になっている仁導もこちらを見ている。

「危ないな、あまり長く持ちそうにない」

「あれまぁかわいそうにねえ。銷さんは息子に黒省の森のこと教えとらんかったんかね」

茶天おばさんの作ってくれた冬瓜と鶏の煮物は懐かしい味がした。子供の頃、いつも食べていた味だ。

「美味《おい》しいな、怜景」

蒼薇は蒸したての肉饅頭《にくまんじゅう》をもりもりと食べている。山のように積んであったのがもうなくなりかけていた。

「いやあ、あんた、そんな細っこいのによく食べるねえ。こりゃ作《つく》り甲斐《がい》があるでえ」

茶天おばさんは大喜びだ。そんな蒼薇の様子に少しは安心したのか、仁導も穏やかな表情を浮かべていた。

「父ちゃ」

怜景はとろみのついた汁椀を持って、仁導の寝台に座った。

「香晶が旦那と俺のいる店を訪ねてくれた。ずいぶん大人になっていた」

そう言ってレンゲですくって唇に近づける。仁導は少しずつゆっくりと飲み込んだ。

「香晶を立派に育ててくれてありがとう。あの子を幸せにしてくれてありがとう、父ちゃ」

仁導は目をあげると微笑んだ。

「親なら、当然、だ」

「父ちゃが俺たちを炎の中から助けてくれて、長い旅をしてこの村に辿り着いた。全てを失った俺たちになんでも教えてくれた。なんでも与えてくれた。この恩は必ず返す。父ちゃの体を必ずもとに戻してみせるよ」

熱く言う息子に父は慈しむ瞳を向ける。

「怜景……儂は、もう、十分だ。十分なんだよ……」

「だめだ！　父ちゃには俺が復讐を果たすところを見てもらわなければ……！」

「怜景」

仁導は穏やかな微笑みを唇に乗せた。

「香晶は幸せだ。お前も幸せになれ。それが、一番の復讐だ……お前はもう……そんなことを、考えずとも」

その途端、怜景は背に激しい痛みを感じた。亡霊たちが怒っている。その裏切り者を殺せと跳ね回っている。

「怜景、お前は……まだそんなものを背負って……」

仁導には見える。幼い頃から悪霊たちにまといつかれ、その重圧に怜景は何度も苦しめられてきた。それを仁導が気で祓ってくれたのだ。

「すまぬ、怜景。今の儂にはそれを祓う力は」

「大丈夫だ。父御どの」

蒼薇が居間と仕切られた分厚い布をめくって顔を出した。

「今はそれは吾の役目だ」

蒼薇はそう言って怜景の肩を摑んだ。そのとたん、悪霊たちは散ってゆく。

「おお……」

仁導は目を見開いた。彼には怜景の体から離れる悪意のもやが見えたのだろう。

「なんという、素晴らしい、気の使い方だ。怜景、お前はよい友人を持ったな」

「さっきはとんでもないものを連れてきたと言っていたくせに」

怜景は笑った。仁導も笑う。

「怜景、復讐は、考えるな。そいつらと復讐を捨てれば、お前は幸せになる……」

「父ちゃ……」

怜景は力なく首を振った。仁導には答えられなかった。復讐だけを考えて生きてきたのに、それを捨てることが怖かった。捨てれば自分にはなにもなくなってしまうのではないか……。

だから約束できなかった。

そんな怜景の顔を見て、仁導は小さくため息をついた。そのため息も自分の背に載ったような気がして、怜景はうなだれた。


夜になり外へ出ると満天の星だった。伽藍街では夜は部屋にこもるのであまり星を見ない。子供の頃以来の降るような星空を見て、怜景の足がすくんだ。

「忘れていた。こんなに星はあったんだな」

「星はどんなときでも頭の上に存在する。昼間にも見えなくてもある」

蒼薇もぐるりと天を見回した。

「昔から、星や山の姿は変わらない。変わらないものを見ると安堵する」

「人間は『変える』生き物だからな」

「そうなのだ。人間は変えすぎだ。この間、杏《あんず》饅頭を買いに行ったら栗《くり》饅頭に変わっていた！　変えなくてもいいのに！」

他愛もないことで怒鳴る蒼薇にがっくりとしながらも、おかしくて笑ってしまう。

「冬になったら南瓜《かぼちゃ》饅頭になるさ。人間はそうやって季節の味を楽しむんだ。いろいろ味わえて嬉しいだろう？」

「うーむ、確かに栗饅頭もうまい。南瓜饅頭もうまいかな」

「そりゃあもう肉桂《シナモン》が効いていて美味しいぞ」

そう聞くと蒼薇は嬉しそうに笑った。その顔に胸の中の憂さが晴れた気がして、怜景は跳ねるような足取りで銷家へと向かった。


銷家に着くと門番はおらず、主人が自分で扉を開けてくれた。どうやら夜になると使用人は全て帰しているらしい。

「夜は恐ろしくていられないと言うのです。無理に留めると仕事を辞めるというから帰しております」

銷は怜景と蒼薇を屋敷の中に案内した。昼間に来た応接室を通り過ぎ、奥へ進むと異臭が強くなった。

「臭いのもとはここか」

それは廊下だった。銷が手燭《てしょく》で照らしたそこは、壁も床もどろどろとしたものに覆われている。そこから腐った臭いがするのだ。

「これは？」

「化け物の残骸です」

銷は吐き捨てるように言った。

「残骸？」

「化け物自体はひどく弱いのです。でも毎晩毎晩大量にやってきます。朝になると化け物の残骸を水で流すのですが、臭いや汚れはとれません。最近は下女も掃除をいやがってこんな有様です」

廊下の向こうには扉があった。そこになにか動物のもののような手形がいくつもついている。

「あの部屋はなんですか？」

「あれは夫婦の寝室です」

「夫婦――あなたたちの？」

「そうです。汚れてしまったので今は別の部屋を使っているんですが……」

不意に女のかなきり声が響いた。使用人はいないというので妻のものだろう。

「でました」

夫が言う。手燭を向けると廊下の曲がり角の向こうから音が聞こえた。

ずるり……ぺたり……ずるり……ぺたり……

むっとする悪臭が漂ってくる。

ずるり……ぺたり……ずるり……ぺたり……

廊下の向こうが明るくなった。妻が灯《あか》りをつけたのか。その光に照らされて、壁になにかの影が映る。

やがてそれは角を曲がって姿を現した。

「なんだ、あれは」

半透明なまだら模様、丸い頭に太い四つ足、胴体はひらべったく、長い尾がついている。

「サンショウウオに似ているな」

蒼薇が冷静に呟く。

「あんなに大きなものは見たことがないが」

それは大きかった。人くらいの大きさがある。自分の重みをひきずるように、のたりくたりと蠢《うごめ》いて近づいてくる。

「弱い、と言ったな」

蒼薇が銷に言う。銷はコクコクとうなずいた。

蒼薇はそれにすたすたと近づくと身を屈めてじっと見つめた。

「水だな。水になにかの力が働いている」

指先をそれの頭に近づけると、そのままとぷんと入ってしまう。一瞬後、それはば
しゃんっと弾けてしまった。

「うわ、臭《くさ》い！」

蒼薇が飛びすさってわめく。

「臭い臭い。形があるときは臭わないのに崩れると臭うとは。これはかなりの嫌がら
せだな」

ずるりずるりとサンショウウオモドキが続く。

怜景は銷に向かって聞いた。

「やつらがどこから来てるのか確かめたことは？」

銷は首を横に振った。恐ろしくてできなかったのだろう。

「蒼薇、そいつを潰しとけ。俺はどこから来ているのか調べる」

怜景はすぐそばに来た化け物を飛び越え蒼薇に言う。

「褌《こ》が汚れるぞ！」

「洗ってやる！」

廊下にはサンショウウオモドキが列をなしている。それらは横を走る怜景には目もくれず、のろのろと進んでいた。

妻が廊下の真ん中で化け物に囲まれて悲鳴を上げ続けている。怜景は彼女をさっと抱き上げると、手近な部屋の扉を蹴飛ばした。

「しばらくここへ」

「いやよ、もういや！　あたし実家に帰る！」

妻は怜景にしがみつき、泣きわめいた。

「子供はどうするんだ！　このまま死なせるのか！」

強く言うと妻はひっと息を呑んだ。

「俺たちが祟りをなんとかする。あんたは子供についていろ」

怜景が首に巻きついた妻の腕を解くと、彼女はすすり泣きながら床につっぷした。子供のことや毎夜の化け物でかなり心がまいっているのだろう。

怜景は部屋の扉を閉め、化け物の最後尾を目指した。それはほどなくわかった。

化け物は台所の水瓶《みずがめ》の中から出てくるのだ。水瓶はどこにも繋《つな》がっていないのに、そこから泡のように生み出されてくる。

「くそっ」

怜景は水瓶を倒した。台所の床に水がぶちまけられる。中にはなにもいない。水だけだ。

「うおおおっ！」

怜景は雄叫《おたけ》びをあげ、廊下に一列につながっている化け物を踏みながら走った。足の下で水枕が潰れるような感触がある。踏むたびに強烈な悪臭が噴き出した。

やがて夫婦の寝室の扉の前まで辿り着いた。蒼薇がうんざりした顔で出迎える。鼻が曲がりそうなほどの悪臭だ。

「どうだった？」

「水瓶から湧いてた」

「ふむ」

沓《くつ》の下ににちゃりと粘つく感触。水で洗ってとれるだろうか？

「水があればどこからでも湧いてくるのかもしれん」

「それにしても、な」

化け物の残骸が積み重なり足首まで埋め尽くそうとしている廊下を見て、蒼薇が首をひねった。

「なぜここなのだ？」

「どういうことだ」

蒼薇は両手を広げてあたりを見回した。

「祟りを受けたのは息子だ。息子を狙うなら息子の部屋へいけばいい。なぜ親の寝室なのだ」

そう言うと鞘は難しい問題を出されたかのような曖昧な表情を浮かべた。

「そ、それは私たちを殺そうと……」

「それもおかしい。こいつらはここにいるお前には目もくれずあの部屋を目指していたではないか」

言われて怜景も化け物たちの真ん中で叫んでいた妻を思い出す。

「そう言われれば、ご主人や奥さんを襲っているわけじゃないな」

「この部屋になにかあるのではないか？」

蒼薇がそう言って鞘を見ると、主人は真っ青になった。

「な、なにもありませんよ！　寝室なんです、寝るためのものしか……！」

怜景は叫びだした鞘の口を押さえると、なだめるように肩を叩いた。

「ちょっと奥さんのところへ行こう。お二人に話を聞きたい」

さきほど妻を放り込んだ部屋に入ると、彼女はまだ床にへたりこんだままだった。夫の顔を見てまた泣き出す。夫は妻を抱きしめ、二人はしばらくすすり泣いていた。

やがて落ち着いた頃を見計らい、怜景が話し出した。

「黒省の森の祟り……銷さんが子供の頃に聞いてたのはどんなものだった？」

銷は遠い記憶を辿るように目を上に向けた。

「それは……森に近づくな、と。森に入ったら病気になって死んでしまうと」

怜景はしばらく待ったが、銷からほかの言葉は出てこなかった。

「それだけか？」

「覚えているのは……そうです」

怜景は腕を組んだ。

「黒省の森の話で一番重要なのは、森の物を持ち出すなということだ。木の枝一本、小石ひとつも、だ」

「え……」

銷が驚いた顔になった。これは完全に忘れていたのだろう。

「あんたが森を売った材木商は、森で木を伐り、運びだそうとした矢先、木材を載せた馬車がだめになった。しかし規模は関係ない。あんたたちの息子……森からなにか持ってこなかったか？」

夫婦は顔を見合わせる。

「とくになにも……」

銷はそう言ったが妻の顔に怯えが表れている。

「なにか心当たりがあるのか？」

怜景は妻に尋ねた。妻は息を喘がせて、

「子供がおみやげだと私に小石をくれました。泉で拾ったと言ってました。金色の綺麗な石で、だから私はそれを寝室の棚の中に……」

「寝室にな」

蒼薇がうなずく。

「それが原因だ。やつらはそれを取り返すために来ていたんだ」

「そ、それでは……」

「石を、泉に戻そう」

三

鎖の妻は寝室から小石を持ってきた。小石とはいえ、女性の掌くらいの大きさの平たいもので、形は楕円《だえん》形だった。妻は金色と言ったが、そのとおり鈍い金の色が見える。磨けばそれなりに輝くかもしれない。

「これは……」

小石を見て蒼薇の顔つきが変わった。ひどく驚いているようだった。

「どうした？　蒼薇」

蒼薇はそっと手を伸ばし、指先でそれに触れた。とたんに金色の光が辺りを強く照らす。

「な、なんだ!?」

蒼薇はすぐに指を離した。石は元通りのくすんだ金色に戻った。

「ただの石じゃないんだな？」

なにも言わない蒼薇に怜景が声をかけると、黙ってうなずく。

「やっぱりこの石が原因なんだ。明日、俺たちが黒省の森に行き、泉に戻してくるよ。そうすれば祟りが消えるかもしれない」

怜景が銷に言うと夫婦の顔に安堵が見えた。「お願いします」と二人はそろって深々と頭を下げた。


銷家を出るとずっと黙ったままついてくる蒼薇を、怜景は振り向いた。

「蒼薇、この石はなんだ？」

今、石は布に包まれて怜景の懐にある。小さな石なのにずっしりと重い。

「知ってるものなのか？」

それでも黙ったままだ。

「蒼薇。俺は正直銷家のことはどうでもいいんだ。父ちゃが元気になればいい」

薄情だと言われようが本心だ。

「この石を泉に戻すだけで本当に父ちゃが元に戻るのか、それだけでも教えてくれ」

「……その点は吾もよくわからない」

蒼薇はようやく答えた。

「それは持ち主の考え次第だと思う」

「持ち主って、この石の持ち主か」

怜景は石を入れた懐を叩いた。蒼薇が持つと布越しでも光るので怜景が持っている。

「泉の——黒省の森の持ち主ってのは地主のことじゃないよな」

地主は泉にこんな石があったなどということも知らないだろう。もし知られていたら木材を伐り出すだけではすまない。古文書にあった『軍隊』というのは、黄金に目のくらんだ強欲たちが派遣したのかもしれない。

「地主はあとから役目を押しつけられたにすぎない。木簡に記されていただろう。空から落ちてきた金色の星——あれが持ち主であり、あの森を支配するものだ」

「お前はその星の正体がわかっているのか？」

蒼薇は怜景を振り向いた。見つめる紫水晶の瞳にはなにか面白がっているような色が乗っている。

「おそらく――」

蒼薇は唇の端を持ち上げ微笑んだ。

「龍だ」


翌朝、日の出とともに怜景たちは起き出した。

前日に茶天おばさんが作りおきしておいてくれた朝食を食べ、仁導におかゆを食べさせた。むつきを取りかえようとしたが、仁導は断固として断った。

「お前に、そんなことは、させられない」

父であり師である仁導のせめてもの矜持《きょうじ》なのだろう。いや、もしかしたら未《いま》だに怜景のことを帛国の皇子と思っているのかもしれない。

いやだというのを無理矢理扱うこともできず、茶天おばさんにあとを頼んで家を出た。

二刻ほどかけて森につく頃には、日も高くなり、空気も温《ぬる》くなっていた。明け方は白かった息も今は見えない。

目の前には針葉樹を中心とした黒々とした森がある。

「よし、行こう」

入ってすぐに拓《ひら》けた場所があった。伐採された部分だ。木が何本も伐られて根元だけになっている。運び出されなかった木々も転がっていた。これはこうして倒れたまま朽ちてゆくのだろう。

それを横目で見やり、奥へと進む。

奥も針葉樹の林で、ところどころ背の低い広葉樹が見えた。何百年も人の手が入っていないのに、荒れた様子がない。自然に倒れたらしい朽ち木の上から他の木が伸びていたり、柔らかな苔《こけ》に覆われていたりするのも、わびしい景色ではなく、まるで絵のように美しい。

獣道なのか、他の場所より草木が生えていないところを選んで歩く。

(そういえばこの森に動物はいるのだろうか?)

頭上を鳥が飛んでゆくのだからいるのかもしれないが、まだ一匹も見かけなかった。

蒼薇に言うと、「いると思う」と言って無造作に茂みを手でよけた。指し示したところには獣の糞《ふん》らしきものが重なっている。

「これはイタチだ」

「糞でわかるのか?」

「臭いがそうだし、そもそもイタチは同じ場所に糞をする性質がある」

それから気をつけて見ていると、木の梢《こずえ》をするすると登っていくリスや、茂みから顔を出す黒い兎《うさぎ》を見つけた。小動物がいるならそれを捕食する大型の肉食獣もいるかもしれない。

「泉はこの方角でいいのか？」

獣道をさくさくと進む蒼薇に怜景は声をかけた。森に入ってしまったらあとは勘を頼りに進むしかないと思っていたのだが。

「大丈夫だ。この道は泉に続いている」

蒼薇は振り向かずに答えた。なだらかで細い肩の線、背で揺れる銀の髪。森の藪道《やぶみち》を歩いているのに、まるで敷かれた絨毯《じゅうたん》の上を歩くように優美でためらいがない。

（なんでこんな奴《やつ》が俺と付き合ってくれてんのかな）

ただ無銭飲食から救っただけだ。俺があのとき助けなくてもこの美貌に引き寄せられる人間は大勢いただろう。なのにあのあと偶然再会して、誘ってみたらすぐに店に来た。

奇跡だろ、こんなの。

今も俺の父親を助けるために動いてくれている。偉大な古き龍。世間知らずで素直で善良で饅頭が好きで抜けてて。

こいつとこの先も一緒にいられるだろうか？　一緒にいたいと思ってくれるだろうか？

森に入ってどのくらいたったか。怜景は疲労を感じていた。そんなに時間がかかったとは思えないのだが、両足が重く、背に荷を負っているように感じる。

「そ、蒼薇。少し待ってくれ」

スタスタと歩く蒼薇と距離が出て、怜景は呼びかけた。蒼薇は気づいて急いで戻ってくる。

「すまん、ちょっと休めばよくなる。鍛え方が足りんな」

怜景は滝のような汗を流し、蒼薇の腕にすがった。

「怜景、これは違う」

蒼薇は服の袖で怜景の汗をぬぐってくれた。

「え？」

「お主が感じている疲労は、この森の奥から発せられる波動のせいだ。お主が不摂生をして食っちゃ寝しているせいではない」

「今、なにげに俺をくさし《ディスっ》たな」

怜景は言って、森の奥へ目を向けた。

「波動だって？」

「そうだ。進もうとする意志に制御をかけている。吾が上空から近づこうとして弾かれたのと同じだ」

「崇りの源ってやつか」

「そうだな。どうする、怜景。ここで引き返すか？　泉には吾だけが行ってもいい」

怜景はぎゅっと唇を嚙み、手で膝を摑んだ。

「ここまで来て崇りの正体を見ずに引き返せるかってんだ」

「では吾の背に乗れ」

蒼薇は人間の姿のまま怜景に背を向けてしゃがんだ。

「お主の体で行くのはむずかしいだろう」

怜景は蒼薇の背を見た。自分よりも華奢《きゃしゃ》で薄い背。いや、元が龍なのはわかっているのだが。

「……もう少し自力で歩く。どうしても動けなくなったら頼む」

「意地をはるな」

「いやいい！」

怜景はそう怒鳴ると蒼薇の前を歩き出した。一足毎《ごと》に泥の中を進むような重さが体にのしかかる。それをかきわけかきわけ進むように、最後は地面を這うようにして進んだ。

蒼薇は呆れた顔で見ていたが、ついにべったりと倒れ伏した怜景を、軽々と背に放りあげて歩き出した。

ようやく拓けた場所に出た。

泉だ。正円で、真っ黒な水を湛《たた》えている。上空から見た印象よりかなり広い。泉の周りは草木がなかった。人が一人横たわれるくらい空いており、そこに黒っぽい石が敷き詰められている。

泉に辿り着いたとたん、怜景を苦しめていた粘り着くような重みがなくなった。

怜景は蒼薇の背から降りると泉の周りを歩いてみた。

足の下でチャリチャリと石がぶつかる音がする。怜景は石を拾い上げた。普通の石ではなく、持った手触りが鉄のようだ。

鉄が泉を形づくっているなら、錆《さび》が浮いて赤い水になるはずなのだが。

「この泉の中にお前の同胞がいるのか」

怜景は水の中を覗き込んだ。水は思いがけず澄んでいる。真っ黒なのは泉の中の石が黒いせいだろう。顔がよく映った。

「そうだ。大きな気の流れを感じる。向こうもわかっているはずだ」

蒼薇はたちまち一体の白い龍に変化した。風が巻き起こり怜景の髪を乱す。

「黒省の森の泉の龍。吾は古母山《グームーシャン》の白龍、蒼薇。お主と話がしたい」

蒼薇の深く豊かな声が泉の上を渡る。しばらくの間はなんの変化もなかった。

「ほんとにいるのか……？」

怜景がぼやいたとき、不意に泉の中央にぼこりぼこりと泡が浮かびあがり、波紋がいくつも広がっていった。

「くるぞ」

白龍が怜景を守るように前に出た。

ザザザと大きな音をたて、泉の中心に黒く大きな頭が浮かんだ。

何本も生えた細い角、濡れそぼったたてがみ、岩のようにゴツゴツとした獅子《しし》にも鰐《わに》にも似た顔、そして長い二本の髭。――龍の顔だ。

「古母山の白龍……か」

首だけを泉から出している黒い龍は、わずかに口を開いて言った。

「そうだ。お主はなにものだ」

「余は……太白《タイバイ》の金龍……」

金？　だが現れた姿は真っ黒だ。

そんな怜景の心を読んだのか、龍は目を細めた。次の瞬間、頭を激しく震わせる。

びしゃびしゃっと黒い水が飛び、怜景は悲鳴をあげた。

頭から足の先まで真っ黒になって顔をあげると、目の前の龍はところどころ黒い色は残っているが、みごとな金に変わっている。

日差しにまばゆく、怜景は手で目を覆わなければならなかった。首だけでそうなのだから、泉から全身を現せば目が潰れるかもしれない。

「金龍よ。なぜここにいるのだ。黒省の森の祟りを作っているのはなぜだ」

蒼薇はとぐろを巻いたり解いたりしながら尋ねた。彼の白い鱗《うろこ》には黒い泥はついていない。

「ここにいるのは余の本意ではない……余は怪我を癒やしているだけなのだ……」

金龍は長い首をゆらゆらと揺らした。

「怪我？」

「そうだ。今からもう何百年前かわからないが、空を漂っていた余に天から落ちてきた燃える星がぶつかったのだ……」

金龍は驚くべきことを話した。空から落ちてきた星とは隕石《いんせき》のことか。

「その衝撃はものすごく……余の体はばらばらになり、燃える星とともにこの地に落ちた……」

そのときの痛みを思い出したのか、金龍が額にしわをよせ、牙を剝《む》いた。

「余が落ちた衝撃で出来た穴には、やがて水がたまり泉となった。余はばらばらの体を集めて癒えるまでここで休むことにした。しかし、じき人間どもがやってきた」

木簡に記された落ちた星。それを調査に来たものたちか。

「人間どもは余の光る体を金の塊とでも思ったらしい。うまく動けぬ余の上でノミや槌をふるい、鱗を削り取ろうとした」

金竜は腹だたしげに首を震わせ、鼻から熱い息を吐く。

「余は当然そんな無礼を許すことはできなかった。最初に来たものどもはさんざんな目に遭わせて追い返した。しかし、人間共は何度でもやってくる。余は泉に瘴気《しょうき》を流した。森の獣たちには無害だが、人の体の中に入ると体内の水を操り、動けなくさせる」

それが仁導や銷の息子を蝕《むしば》んでいるものか、と怜景は拳を握る。

「それでも愚かな人間たちは性懲りもなくやってくる。余は近づこうとする人間を動けなくする結界の範囲を広げた。それが黒省の森の祟りと呼ばれるようになったらしいな」

結界。それは俺が途中で動けなくなったあれのことか。しかし、だとしたら……。

「じゃあなぜ子供はこの泉に近づけたんだ？　俺の父ちゃも……」

「子供は迷い込んだのだろう。時折いるのだ。子供には結界はきかない、この泉が目的ではないからな。お前の親族が来られたのも子供が目的だったからだ」

そうだったのか。泉に対してなんの欲望も抱いていないから、二人はここまで来てしまったのだ。

「余の体の一部を持っていったものは水妖を使って取り戻す。お前も今、持っているな」

「あ、ああ」

怜景は急いで懐から布にくるんだ金の石——金龍の鱗を取りだした。

「これは戻す。だから頼む！　父ちゃと銷の家の子供を許してくれ。二人ともあんたに害をなそうとしたわけじゃない。偶然迷い込み、子供は母親に土産を渡したかっただけなんだ」

「余の体の一部だぞ」

金龍はぎろりと目をむいて怜景を睨む。

「知らないんだ。幼い子供だ」

「無知は罪ではないと言うか！」

すぐ目の前で龍が大きく口を開き、熱い息がふきかけられる。一瞬身をすくめた怜景だったが、怯えに蓋をしても叶《かな》えたい願いがある。

怜景は膝と両手を岸辺につき、頭をさげた。

「この通りだ、頼む、頼む……！」

「駄目だ」

すげない返事に白龍が飛び上がり、金龍に自分の顔をぶつけるほど近づけた。金龍の顔は白龍の傍《そば》近くある。

「分からず屋だな。これほど頼んでいるのだ、聞いてやれ」

「そなたは人間の味方をするのか？　気高き龍が虫けらのような人間の」

「人間の味方ではない。吾は怜景の味方だ」

怜景は顔をあげ、白龍を見上げた。胸が震えるほど嬉しい言葉だった。

「それでも嫌だと言ったらどうする？　余と戦うか」

金龍が、挑発するように言い、大きく口を開けて牙を見せつける。白龍はさっと飛びすさり、空中で身構えた。

その時だった。

「あまり巫山戯《ふざけ》るな、兄よ」

突然、新たな声が響いた。

四

驚いて周りを見回す怜景の前で、泉が渦を描く。そして――。

もうひとつ、黒い龍の顔が出てきた。

「龍が――もう一体……！」

その龍も首を振ると黒い汚れが落ちて、下から金色の鱗に包まれた顔が出てくる。最初の龍とそっくりに見えた。

「二体いたのか!?」

怜景の言葉に新しく出てきた龍は首を振った。

「二体ではない。俺たちの体はひとつだ」

「つまり、……双頭の龍ということか」

二つの頭は顔を見合わせて、にやりと笑った。笑ったように見えた。

「龍同士が争ってどうするのだ。せっかく出会えた同胞だ。もっと平和的な解決法があるだろう」

新しく現れた頭の方は話がわかりそうだ、と怜景は身を乗り出す。

「そ、そうだ。平和的な解決だ。村の人間には約束させる。もう誰もこの泉に、森に近づかないと」

怜景の言葉を聞いているのかいないのか、龍はゆらゆらと首を揺らして白龍を見た。

「貴様はまだ若く、美しいな、白龍。貴様が俺たちのものになるなら人間の病を治してやろう、どうだ?」

えっと怜景は白龍を——蒼薇を見た。白龍はきょとんとした丸い目で双頭の龍を見返している。

「吾がお主たちのものに？」

「そうだ。怪我を癒やすために長い間泉の底で休んでいた。ときおり目を覚ましても兄弟たちだけなのでな、退屈なのだ。貴様がいればよい話し相手になるだろう」

「だ、だめだ！」

怜景は掌で泉の水を叩いた。

「蒼薇は三〇〇年石になって眠っていたんだ！　やっと自由になれたんだ！　なのにまた閉じ込めるつもりか！」

怜景の言葉に二体の龍の頭は再び顔を見合わせた。

「石に？　それはまた……天の怒りでも買ったか」

白龍は恥じいるようにうなだれた。

「その通りだ。吾は人間の国の戦に介入して、人の命を奪ってしまった」

とたんに森の中に二つの音の違う笑い声が響いた。

「そなたは愚かだな。命を奪わずとも動けなくさせるだけでよいのに。余は二〇〇〇の軍隊をそうやって蹴散らしたぞ」

「貴様、瘴気の作り方を知らなかったのか？」

白龍はぐるぐるとぐろを巻き、またほどいた。龍なりの照れ方なのだろうか。

「それでどうする白龍。俺たちのもとへくるか？」

白龍はためらいなく顔をあげた。

「それで怜景の父御と子供が助かるなら……」

「だめだだめだ！」

怜景が怒鳴る。白龍に駆けよってその髭を引っ張った。

「蒼薇！　お前もほいほい承諾してんじゃねえよ！」

「痛い、怜景。しかし父御を助けるにはそれしかない」

「俺のためにお前を犠牲にするわけにいくかよ！」

怜景は叫ぶともう一度泉に走って地面に膝をついた。

「頼む、他のことは――俺にできることはなんでもする。だから蒼薇を巻き込むな。もともと人間があんたたちにちょっかい出したんだ。人間の責任は人間がとる」

「それは違うぞ、怜景」

白龍がするっと長い首を怜景に寄せる。

「もともとは星が金龍にぶつかったせいだ。避けられなかったのはこやつらがのろまだったからだ」

「なんだと！」

「あんなでかくて速いものをどうやって避ければよかったんだ！」

二体の龍ががあっと口を開けて怒鳴った。

「そ、蒼薇。お前、余計なことを……」

これ以上金龍の機嫌をそこねてどうする、と怜景は白龍の口を塞ごうとした。

「吾が言いたいのはそれはただの事故だということだ。誰の責任でもない」

「……まったくです」

第三の声が響いた。


驚いて泉を見ると、再びぼこぼこと泡が下から浮かび上がってくる。そして水面を割ってもう一つの頭が出現した。これは最初から金色に輝いていた。

「み、三つ首……!?」

もう一つの頭は水面で先の二つの頭を見つめた。

「兄者たち。戯れはお止《や》めなさい。せっかくの同胞を呆れさせるつもりですか」

この一体は先の二体より穏やかなまなざしで、立ちすくむ怜景と蒼薇を見つめた。

「兄たちが申し訳ありません。もちろん鱗をお返しいただきましたから、あなたの同胞の病は治しましょう」

三体目の龍の頭が言った。その言葉に怜景は全身の力が抜けて行くのを感じた。岸辺に座り込み、がくりと肩を下げる。

よかった、争いも、蒼薇を失うこともない……。

「弟よ、勝手に決めるな！」

「そうだ。こいつは俺たちをのろまと言ったんだぞ！」

二つの頭が交互にわめく。だが、三つ目の頭に冷たく睨まれると、気まずそうに黙った。

三つ目の首は兄たちが、もう文句を言わないことを確信したのか、ゆっくりと首を怜景に戻した。

「ただ一つだけお願いがあります」

平和的解決ならなんでも聞こう、と怜景は顔を上げた。

「実は星にぶつかったとき、一枚だけ鱗が剝がれ落ちてしまいました。それはここから近い山にあります。それを持ってきていただきたいのです」

三体目は丁寧な言葉で言った。

「私たちはまだ大きく動くことができません。私たちが操る水妖も山の上に着くまでに涸《か》れてしまいます。その鱗があれば私たちの傷の治りももっと早くなるはずです」

「鱗、だな」

怜景はうなずき、蒼薇を見た。白龍も首を振って応える。

「わかった、持ってくる。そうしたら必ず父ちゃを治してくれるんだな？」

「約束します」

「駄目だ駄目だ！」

「そうだぞ、俺たちはまだ承諾してない」

途端に二体の頭がわめいたが、三体目はそれを無視した。

「兄たちは私が説得しましょう。よろしくお願いします」


怜景は龍になっている蒼薇に乗って、金龍の鱗があるという山へと向かった。近いと言っても龍体で一刻は飛んだだろうか？　鋭い牙のような尖《とが》った峰々が続く岩山だった。

驚いたことに険しい岩肌にへばりつくように人の住む家が建っている。大きな角を持つ山羊が一列になって歩いているのも見えた。こんな場所に村があるらしい。人々が空を見上げて指さしている姿も見えた。

山々の一座におりると、頂上に木と鉄で祠《ほこら》が作られていた。

「これか？」

人の姿に戻った蒼薇に尋ねると、軽くうなずいた。

「そうだな、あの鱗と同じ気を感じる」

祠は大きさこそ小さかったが瓦屋根も載った立派なもので、人の手が掛けられていることがわかる。周囲は掃除され、清潔だった。さきほど見た人々が守っているのだろう。

「たぶん守り神とかご神体とか、そんな扱いなんだろうな。黙って持って行くのは気がひけるな」

怜景は周囲を見回した。人の姿はないが、憚《はばか》られる気持ちがする。

「しかしこれを持って行かないと父御の病は治らないぞ」

「そうだな……」

祠をよく見ると扉には鍵がなかった。おそらくこれに無体を働くような人間を想定していないのだろう。

怜景は祠に小さく頭を下げた。これを守ってきた人々に畏敬と感謝と謝罪をこめて。

扉を開くと中には白い絹が敷かれ、そこに亀の甲羅のような金色の鱗があった。

それを取り出し、両腕で抱える。ずしりとした重さがあった。

「意外とでかいな！」

さっきと同じ、掌くらいの大きさと思っていたので驚いた。

「おそらく背のほうの鱗だろう」

怜景が触れるとたちまち金色の光が辺りを照らした。

「部位で大きさが違うのだ。子供が持っていったのは足先のほうのものだ」

「そうか。申し訳ないが……いただいていくぞ」

怜景はもう一度祠に頭を下げる。

「よし、じゃあ戻ろうか……」

蒼薇に声をかけたときだった。下の方から数人の男たちが走ってやってきた。

みな、分厚い毛織物の外套《がいとう》を着て、頭に布を巻き付けている。よく日焼けして、頑丈な体つきをしていた。村の人間たちだ。彼らは怜景が鱗を抱えているのを見て顔色を変えた。

「空に龍さまの姿が見えたので神がおいでかと思ったただが、おんしら……！」

男たちは手にした長い棒を怜景と蒼薇に向けた。ゴツゴツとした棒は表面に細かな傷がたくさんついていて、持ち手が脂で光っていた。使い込まれていることがわかる。

「ご神体を盗むつもりだか！」

怜景は鱗を胸にじりじりと祠の方へ下がった。

「すまない、だがこの鱗の持ち主が返して欲しいと言ってるんだ」

「鱗の持ち主!?」

男たちの中に動揺が走った。

「そうだ、この鱗がここでどんなふうに扱われているかは祠を見てわかった。ずいぶんと信心されていたんだろう。だが、これは龍のものだ。その持ち主の意向なんだ」

「お、おんしたちは何者だ！」

畏怖の混じった怒声が上がった。

「俺たちは鱗を失《な》くした龍に頼まれて取りに来たものだ」

「そんな……」

一番年配の男がよろけたように膝をついた。灰色の長い髭が地面を擦る。

「……鱗が発見されて五〇〇年、村はずっとそれを守ってきただ。こんだた険しく貧しい地でなんとか生きていけたのもそれのおかげだぁ」

震える声で言われ、怜景は抱いている鱗を見た。

「これにそんな力があるのか？」

「そうだ、畑に種をまくとき、それを地面に置けばこの荒れた地でも芽がでるんだぁ」

そう聞いて怜景は蒼薇を見た。蒼薇はうなずくと、「龍は基本的に水を操ることができる。地に置けばそこに水を呼ぶのだ」と囁いた。

「……今までそれをご神体として村はひとつになってきただ。それを――それを――」

次々と男たちが膝をつき、両手を地面につく。

「持っていかないでくれろ。それは村の大事な守り神なんだぁ」

「村には山羊とわずかな鉱山しかねえんだ、それは村の支えなんだよ」

「お願いだ――！」

叫ぶものもいた。涙を零すものもいた。怜景はとまどった。信心深い村人の気持ちもわかる。貧しい村の状況もわかる。暴力ではなく、心に訴えかけられるのも辛い。

だが。

「すまない、俺は――」

極めて個人的な理由で、こんなにも村人に慕われているものを奪ってもいいのだろうか？　父一人の命と村全体の命……秤《はかり》にかけられるわけでもないが、俺はとても残酷なことをしようとしているのでは……。

「村の衆よ」

蒼薇が怜景の前に出て両手を広げた。

「吾らのすることは確かにそなたらには非道なことだ。だからせめて代わりを置いていこう」

え？　と怜景が蒼薇を見ると、その姿がたちまち白い龍へと変わった。村人たちは驚いて声もない。

白龍はぐねりと体をねじると、大きな口を開けて自分の背に噛みついた。

「蒼薇！　なにをしているんだ！」

白龍は自分の歯で背中の鱗を引きちぎろうとしていた。

「やめろ、蒼薇！」

「村の衆にはよりどころになるものが必要だろう」

蒼薇は口を離して言った。

「金でなくて申し訳ないが、ないよりはましだ」

「だからと言ってお前が自分の身を削らなくてもいい！」

しかし蒼薇は再び鱗を引き抜く作業に戻った。蒼薇の白い龍体から青い血が鱗を伝って流れてきた。当然痛みがあるのだろう、蒼薇は眉間のしわを深くし目を固く閉じていた。

「やめろ！　蒼薇！　やめてくれ！」

白龍は体をねじり、ぐいぐいと鱗を引っ張り続ける。人間で言えば自分で自分の皮膚をはごうとするのと同じ激痛に耐えながら。

そして、ぶつぶつぶつっという音とともに、白龍はとうとう自分の鱗を引き抜いた。青い血がぱっと噴き出して、地面を濡らす。

「蒼薇……」

蒼薇は首を伸ばして自分の鱗を村人の前に置いた。それは金の龍のものと同じくらいの大きさだった。

「これを代わりにしてくれ。同じように土地を潤わせることができる。金の鱗の持ち主にはお主たちが丁寧に扱っていたと伝えておこう」

少し息をきらしながら言うと、村人たちがいっせいに頭《こうべ》を垂れた。彼らもまた、龍が自分たちのために我が身を犠牲にしたことを知り、涙を流していた。

「あ――ありがとうございます」

「ありがとうございます！」

白龍は怜景を振り向いた。

「なんて顔をしてるのだ、怜景」

「蒼薇……」

どんな顔をしているのかなど、知りたくもない。

「鱗の一枚や二枚、気にするな。吾はまだ若い。これからも生えてくる」

白龍はそう言うとぐるりと怜景を取り巻いた。怜景は軽く抱きしめてくる龍の体に顔を埋め、両手を伸ばして首を抱いた。

「お前……ばかだな。こんな、俺のために」

「気にするなと言っている。お前が気に病めば吾は後悔してしまう。それはいやだ」

「……」

怜景はぐいっと袖口で目元をぬぐった。顔をあげて笑いかける。

「わかった。もう気に病まない。ありがとう、感謝する」

「うむ、そうだ。そういうのが怜景らしい」

怜景は龍の体にまたがった。鱗が抜けた部分は青い血にそまり、下の柔らかそうな肉が見えた。怜景は自分の長衣を脱ぐと、そこに当ててそっと撫でた。


黒省の森に着くと、西の方に陽《ひ》が落ちる頃だった。針葉樹の細い葉が金色の光に照らされ、きらきらと宝石のように輝いていた。

もう結界は張られていないようで、白龍は上から降りていった。

「金龍、約束の鱗だ」

怜景が呼びかけると泉の表面が泡立ち、三つの金色の頭が現れた。

「おお、確かに」

右端の最初の頭が喜んだ。

「俺たちの鱗だ」

真ん中の頭が首を伸ばし、鱗を咥《くわ》える。

「あなた――その背はどうしたのです」

左端の頭が白龍の背を見て顔をしかめた。白い龍のからだの中で、青く濡れた部分はかなり目立つ。

「お主たちの鱗は山の村で大切に扱われていた。そこから取り戻すにはやはりただというわけにはいかぬ」

蒼薇は人だったら肩をすくめるように、首の下をねじった。

「それであなたが傷を負ったのですか……それは申し訳ない」

弟の言葉に二人の兄も神妙な顔になる。たぶん、神妙な顔だ。

「龍の鱗はなまなかな力でとれるものではない。そなた、自分ではがしたのか」

「貴様、なかなか豪胆だな」

兄たちは感心したようだ。

「俺たちはいまだに反対であったが、そこまでしてもらったら恩を返さねばならん。……村の人間の病を治せばよいのだな」

真ん中の龍が怜景に顔を近づけた。怜景はうなずくと、

「俺の父と、銷の家の息子だ」と答えた。

右側の兄が首を伸ばして怜景の前に来た。大きく口を開くとその中に透明な珠《たま》がある。手に取るとそれは液体だった。不思議なことに零れもせず丸いままだ。

「これを一口ずつ飲ませてやればよい。我らの瘴気はそれで消える」

「ありがとう……ございます！」

　怜景は頭を下げた。これで父も子供も助かる。

「ありがとう、金龍よ」

「礼を言うのはこちらの方です、白龍蒼薇」

　弟の頭が言った。

「これで私たちはあと一〇〇年も休めば再び飛び立てるようになるでしょう」

「まだ一〇〇年か」

「あっという間です」

　金龍が笑う。

「短い期間ですが、それまでにもう一度くらいは遊びにきてくれますか？」

　他の頭も白龍を見つめた。その目にはもう険はなく、親しみに満ちていた。

「ああ、もちろんだ。吾の知り合いに黒龍もいる。やつも誘って遊びに来よう」

　蒼薇の言葉に三つの頭は沸き立った。

「黒龍か！　初めて会うな」

「楽しみだ」

「お待ちしてます」

　三つの頭は次々に白龍にそれぞれの首を巻きつけ別れを惜しんだ。怜景にも軽く顔をすり寄せる。

「では、白龍蒼薇、人間怜景。また会おう……」

金の三つ首龍はそう言うと、ゆっくりと泉の下へ沈んでいった。大きな波紋が黒い水の上に残り、やがてそれが消えるまで、怜景と蒼薇は見送っていた。

終

家に戻ると茶天おばさんが飛び出してきた。

「小怜、無事だったかい！」

おばさんは怜景の体を両手でバンバン叩いた。

「ああ、おばさん。この通りだ。それに父ちゃを治せる薬も手に入れたよ」

怜景はそう言うと、おばさんに器を用意してもらった。そこへ水の珠をいれる。それからレンゲですくって仁導に飲ませてみた。

「……」

口の中に水がはいり、のどがごくりと動くと——。

「お、」

仁導が驚いたように目を見開いた。指先がぴくぴくと動き、首がなめらかに回る。

「これは……」

仁導はひじで支えて体を起こした。今まで動かなかった上半身が、そして寝台から腰をひねって足を下ろし——下半身が動いた。

「ああ！　仁導さん！」

茶天おばさんが口を覆う。涙がぽろぽろと溢れてきた。

「なんてこったい、なんてこったい！　ああ、神様！」

仁導は寝台に座ったまま、手を握ったり開いたりした。

「元に戻った。なんということだ」

仁導は怜景の手をとった。

「怜景、すぐに銷さんの家へ行け。子供を救うのだ」

「ああ、わかってるよ。だけどそのまえに」

怜景は仁導に、父の体に腕を回し、抱きしめた。

「よかった、父ちゃ……。本当によかった！」

「怜景……」

仁導も腕を回して自分より背が伸びた息子を抱きしめた。蒼薇はそんな親子を静かに微笑みながら見つめていた。

銷家の子供も龍のくれた水の珠を飲ませるとすぐに回復した。子供の父も母も号泣し、怜景が辞退したにもかかわらず、たんまりと礼金を持たせてくれた。

しばらくして妹夫婦も都から戻ってきた。香晶は元気になった父に飛びつき、喜びの涙をこぼした。

仁導と鎖家の息子の病は村中が知っていたので、みんながこの奇跡の話を知りたがった。怜景は「泉には龍がいて、鱗を返したら薬をくれた」と簡単に話した。そして、「龍は泉に人が近づくことを好まない。決して近づいてはならない」と念を押した。

鎖家は地主として、これから決して森に手を出さない、誰も森に近づかせない、と約束してくれた。代々、子孫に伝えることにするとも誓った。

龍のくれた水はまだ残っていたため、このさきうっかり森に迷い込む子供がいた場合のため、とっておくことにした。蒼薇が水は腐らないと言ってくれたからだ。

その水は香晶の夫、公牛が預かることになった。村の財産として、こちらも子々孫々に伝えるそうだ。


村中に見送られて怜景と蒼薇は都へと旅だった。蒼薇が龍体になると、鱗が剝がれた箇所はまだ青い肉が見えているままだ。人の姿になっているときは掌くらいの大きさの傷になって血がにじんでいた。服にすれると痛いと言うので、怜景は布を巻いてやっていた。

空を行く途中、毛布をひっかぶり蒼薇の体に抱きついて、怜景は気になっていたことを聞いた。

「あの龍、お前のことを美しいと言っていたけど、お前は龍の姿でも美しいほうなのか？」

「さあ、わからん。他の龍にそれほど会ったわけでもないからな。吾から見れば黒龍の亜檀《ヤータン》の方が美しいと思うし、あの三つの頭の中では一番末のやつはかなりの美形だ」

「……どれも同じ顔に見えたがな」

まあ、あの兄の頭たちは末の弟に頭があがらないようだったから美形なのかな。頭があがらないっていうか、頭しかないが。

怜景の手の下の布、その下に青い傷がある。怜景はそっとその場所を撫でた。

「俺はいつかお前のために命をかけるぞ」

呟きは雲の中を進む龍には聞こえなかったようだ。

怜景は布に頬を寄せた。

冷たい鱗に覆われた龍の体の中で、その傷の部分だけが熱を持っているように感じられた。

「龍のためにに人間ごときがなにができるかなんてわからないがな」

それでもこの熱に誓おう。

俺の愛《いと》しい龍、頼もしい相棒。

お前のかつての友のようになれるかどうかわからないが、生きている限り俺はお前の友でいよう。

やがて雲が切れて青空が目に入る。高く遠い遥《はる》かな青空の中を、龍と人間は進んでいった。

第三話　怜景と蒼薇

序

炎が広がっていた。目の前は火の海だ。なぜかその火は熱くなく、心がしんしんと冷えてゆく。

その炎の中から無数の手が伸びてきた。

手は彼の腕を掴み、足を掴み、首を掴んで引き寄せる。

——仇を——

——復讐を——

掌に口が開いてそうわめく。

無数の手、無数の口。火に映えて輝く歯、乾いた舌が炎を飲み込む。

――仇を――

――復讐を――

彼は耳を覆い、炎の海から逃げようとした。そのとき、炎を払いのけるように白い光が差した。光は声を持っていた。声は呼んだ、彼の名を。

「怜景――！」

「……はあ、はあ……」

目を開けると心配そうな相棒の顔があった。灯りも消した暗い部屋なのに、白い美麗な顔はわかった。肩の上に黄色い鳥が乗っている。

「蒼薇……」

「そうだ、吾《あ》だ。うなされていたぞ」

「……」

怜景は目だけを動かして辺りを見た。冷たい炎はどこにもない、しんと静まる自分の部屋だ。

「また悪夢を？」

怜景は答えず目を閉じた。

「いい加減やつらを祓わせろ」

「まだ、いい……復讐は終わっていない」

「復讐が終わるより先にお主の身が持たぬ」

殺され、国を奪われた両親、その一族の恨み辛みが怜景の背中でのたうっている。生き残ってから十数年ずっと、彼らを背負い続けてきた。最近は霊を祓える蒼薇がいるせいかその念は薄くなっているが、それでもときおり悪夢の中に叩き込まれる。

「いいんだ……」

怜景は眠りに落ちた。肩のインコが羽ばたこうとしたが、蒼薇がすばやく体を押さえて制する。

友人には穏やかな眠りが必要だ。

「怜景、お主が望めばいつだって祓うのに」

部屋の隅で悪霊たちが伸び縮みしながら蒼薇を嘲笑《あざわら》う。

――この子は我らを祓わない、この子は我らの復讐の道具――

「うるさい、消えろ！」

声に険を乗せると霊たちは薄くなり、どこぞへ消えた。だがいつでも戻ってくる。

怜景は心の奥底で彼らを望んでいるのだろうか。

蒼薇は怜景の寝台に腰を下ろすと、彼がよい夢を見るようにと、汗ばんだ額に手を当てた。怜景がちょっと顔を動かしてその手に重みを乗せる。

(眠れ、深く)

苦しい夢を見ないように。哀《かな》しい思いをしないように……。


ガチャンと陶器の割れる音がした。

後宮を守る花練兵《かれんへい》の堅真白《ジイエンヂエンバイ》は、とっさに腰の長剣の柄に手をかけ、立ち上がった。

真白はこの日、後宮の庭にある四阿《あずまや》で、第三妃、暁桜《シアオイン》の茶会に参加していた。

妃《きさき》を病から救ったあと、よく館に招かれるようになった。兵として一人の妃と親しくなることは避けたいのだが、個人的に暁桜妃に好意を持っているうえ、珍しいお菓子などを並べられては断るのも難しい。

音の出所を探した真白は暁桜妃の侍女を見つけた。両手をわなわなと震わせまっすぐ前を向いている。足元には割れた食器。彼女が原因で間違いないだろう。

真白は侍女の視線を追ってみたが、第二妃の館が見えるだけだ。第二妃は第三妃を殺害しようとした罪で収監され、あの館は閉ざされている。

「どうしたのだ」

真白は剣を持ったまま、侍女のそばへ寄った。

「あ、兵長さま……」

侍女は今気づいたという顔をして、振り向いた。青ざめ、怯えているようだ。

「なにか怪しいものでも見たのか？」

花練兵の役目は後宮、この女の園の警備だ。僅かでも異常があれば調べなければならない。

「いえ、あやしい――怪しいものなど……きっと見間違い、気のせいですわ」

第三妃の館に何度も通えば侍女の名も覚える。彼女は確か……。

「伽雪瑛《ジャシュエイン》。気のせいでも見間違いでもいい、気になることがあれば教えてくれ。なにもなければそれが一番いいからな」

名を呼ばれ、雪瑛はびくりと肩を揺らした。

「どうしたの、伽雪瑛。堅兵長の質問に答えなさい」

暁桜妃が真白の背後からのんびりと声をかける。主に言われては仕方がない。伽雪瑛は目を伏せ、おずおずとした様子で答えた。

「あの、――実は猫を見ました」

「猫？」

後宮には猫がいる。外から入り込んできた野良だったり、宮女たちが飼う猫だったり、いや、猫だけでなく犬や小鳥、兎、広大な庭には野生のリスやハクビシン、狸《たぬき》などもいる。

外に出ることのない宮女たちの心の慰めに、危険でない限り小動物を世話するのは許されていた。

「猫に驚いて皿を落としたのか？」

「ただの猫ではありません！」

雪瑛は強い調子で言ったあと、「申し訳ありません」とあわてて頭を下げた。

「いや、よい。どういう猫だったのだ」

重ねて言うと、雪瑛はなんどか唇をなめ、やがて意を決したように答えた。

「赤、です」

「赤？」

「赤い猫です。真っ赤な猫。それが二の妃の館の屋根の上を走っていきました」

「赤い猫……？」

雪瑛は袖の中でぎゅっと拳を握ると、それを胸に当てて真白を強く見つめた。

「……私の故郷は山の中の小さな村でした。村はある日野盗に襲われて滅びました。野盗は村中に火をつけて人を殺して食べ物や金を奪って……」

雪瑛の体が震えている。真白は彼女の身の上に起こった不幸に言葉もない。

「その野盗たちがやってくる数日前に……私は赤い猫を見たんです。村の屋根の上を跳ね回っていました。私以外には見えない猫だったんです。村の大人たちに言いましたが誰も取りあってくれなくて、それで村が……村が……」

雪瑛の顔が紙のように白くなり、彼女はぐらりと背から倒れた。

「あぶない！」

とっさに真白が支えたが、雪瑛は口から泡を吹いてガクガクと痙攣を起こしている。きゃあっと第三妃の侍女たちが悲鳴をあげた。

「静かに！　癲癇《てんかん》の発作だ」

真白は雪瑛の腰帯を解き、衣服を緩めた。しばらく様子を見ていると痙攣は静まり、落ち着いたが意識は戻らない。

「部屋で休ませます」

部下の花練兵が駆けつけてきたので雪瑛を四阿から部屋へ運ばせた。

真白は彼女が見ていた第二妃の館を見つめた。紅《あか》く染まり始めた姫紅葉の葉の間から見える館は、主がいなくても青い瓦を日差しに輝かせて美しい。

「赤い猫……村が滅んだ……？」

館の上には穏やかな秋の空が広がっている。

「まさか後宮でそんなこと」

真白は頬の辺りで切りそろえた髪を振った。このときは、侍女の気の病と思っていたが、翌日、部下が報告に来て驚いた。

「赤い猫を見たというものが他にもいます」

それで後宮中で聞き取り調査をすると、実際に見たというものの他、夢で見た、というものもいた。その数四人。

後宮には一〇〇〇人からの女性がいる。その中で四人というのは少ないが、ことが不吉なものなら用心しなければならない。

「これは……専門家に聞いてみるか」

その専門家へのご機嫌伺いの手土産をなににしようかと、真白は思いを巡らせた。

一

「レーケー、レーケー！」

黄色いインコが甲高い声で鳴きわめく。怜景は布団をかぶったが、枕元まで降りてきてさらに鳴いた。

「オキロ！　オキロ！」

「蒼薇、毛抜け《トーファ》を黙らせろ！」

布団の中から怒鳴るが返ってきたのはそっけない言葉だった。

「お主が起きれば黙ると思うぞ」

「くっそ！」

布団をはぐともう陽は高く昇っている。ついこの前までは日よけを下ろしていなければ暑かったのだが、今はちょうどいい気温だ。なのでつい寝過ごしてしまう。

「レーケー、オキタ！　オキタ！」

トーファはパタパタと羽ばたいて怜景の腹の上にドスンと降りる。名前と違い、もう羽はほとんど生えそろい、最初の頃のみすぼらしさが嘘のようだ。体もふっくらとして毛並みも艶やかだった。そして、

「なんだかお前、一日ごとに大きくなってないか？」

腹の上の重みを持ち上げ、怜景は呟いた。

インコというのはこんなに大きくなるものだろうか？　今は小型のフクロウくらいの大きさになっている。

「助けたときに吾の気を吹き込んだせいかもしれんな」

同室の蒼薇が手をあげてトーファを呼んだ。インコは力強い羽ばたきで飛び上がると、蒼薇の手の上に移る。

窓から入る日差しに青みがかった銀色の髪を光らせて、寝衣《ねまき》をだらしなくひっかけている蒼薇は、まるで神鳥と戯れている水の女神のように美しい。美人は三日で慣れるというのは嘘だなと怜景は思った。

美しさというのは毎日上書きされてゆく。

扉が軽く叩かれて、返事をすると隼夫見習いの猛伊が顔を出した。

「おはようございます、怜景さん蒼薇さん」

猛伊は眩しげに窓辺の蒼薇を見つめた。

「おはよう、猛伊。どうした？」

「後宮から知らせがありまして、あと一刻ほどで堅兵長がいらっしゃるそうです」

「うえ」

怜景は舌を出した。また後宮の面倒ごとに巻き込まれる予感がする。

「俺と蒼薇は旅に出たと言っておけ。一年ほど戻ってこない」

猛伊は怜景の不機嫌な言葉にも、笑みを絶やさない。

「堅兵長はお二人が喜ぶ土産を持っていらっしゃるそうです」

「こいつが喜ぶものなんて饅頭くらいしかないだろう！」

「饅頭なら大歓迎だ」

蒼薇は怜景と猛伊の話を聞いてにこにこと相好を崩した。トーファが飛び上がり

「マンジューマンジュー！」とわめく。仕方なく怜景は蒼薇を連れて中庭におり、身支度を済ませた。

妓楼の一階で待っていると、堅真白が共も連れずに一人で現れた。いつもの革鎧《かわよろい》をつけた男装姿ではなく、女性用の長下衣《スカート》を身につけている。短い髪は髪飾りつきのベールで隠していた。

「おはよう、怜景、蒼薇」

真白はにっこりする。化粧っ気はないが、生き生きとした瞳が美しい。

「おはよう。あんたがその格好ということは、また内密の話か」

「まあそうだ」

「俺たちは起きたばかりでまだ飯も食ってないんだ。外で食うからつきあわないか」

「よかろう」

真白はきょろきょろと店の中を見回した。

「毛抜《シャオトーファ》けちゃんは？」

「部屋の中だ」

答えると、真白はがっかりした顔になった。

「なんだ、会いたかったのに」

「だったら呼ぼうか？」

蒼薇はそう言うと店から外へ出た。妓楼の上の方を向いて「トーファ！」と呼ぶ。すぐに三階の窓から黄色いインコが飛んできた。

「放し飼いにしているのか？」

「ちゃんと戻ってくる」

トーファは蒼薇の肩の上に止まると、銀色の髪をくわえて引っ張った。

「うわ、ずいぶん大きくなったな！」

真白が驚いている。一般的な常識から外れた大きさであることは明らかだ。

「おはよう、シャオトーファ。きれいになったなあ」

トーファは褒められたのがわかったのか、自分から頭を近づけて真白の頬にくちばしをすりつける。

「じゃあ、行こうか」

怜景はうん、と伸びをすると、蒼薇と真白を促して歩き出した。

入った店は、以前蒼薇が無銭飲食をしかけた軽食屋だった。実際は支払おうと思ったのだが、持っていた銭が古すぎて役に立たなかった。それを見ていた怜景が立て替えてやったのがそもそもの出会いだ。もっとも怜景は安い値段で蒼薇の古銭を巻き上げる下心があったのだが。

蒼薇はいつものように蒸し饅頭を、怜景は菜粥《ながゆ》を頼んだ。真白はいろいろ迷ったようだが、揚げ菓子と茶を頼む。

「それで？　今度はなにが起こった」

怜景は粥を口に運びながら聞いた。蒼薇は饅頭を口に押し込むと、一瞬で飲み込み、すぐ次に手を出す。インコは卓の上で、好意《サービス》で出された雑穀をつついていた。

「うむ、起こった、というか、正確にはこれから起こるかも、という話なのだが」

真白は小枝のような揚げ菓子をぽいと口にいれると、サリサリといい音をさせた。

「後宮の女たちが赤い猫を見ているのだ」

「赤い、猫？」

白猫トラ猫黒猫キジ猫……いろいろな猫がいるが、赤い猫というのは聞いたことがない。

「現実にはいない猫だ。夢に見るものもいる。一人二人ならともかく、四人になってしまってな。後宮によくないことが起きるかもしれないと不穏な噂《うわさ》が広まっている」

「赤い猫……」

「後宮の書庫にあった古書に、赤い猫や赤い旗を振る子供……そういうのは火事の前兆だと書かれたものがあった」

真白は油で汚れた指をぺろりと舐《な》め、茶を飲んだ。

「後宮は女ばかり一〇〇〇人。自由に外へ出ることもできない。閉塞した園の中では不安はすぐに大きくなり、病のように伝染する。夢で見たというものも、そんな空気に呑まれて自ら夢を作り出したのかもしれない。過去にもそんな集団幻覚《ヒステリー》が起こったことがある」

「なんだ、原因がわかっているんじゃないか。なにか派手な行事《イベント》でもやってみんなの気を晴らせばいい」

「うん、そこでだ」

真白は持っていた包みを卓の上に置くとそれをほどいた。中から子供の頭ほどもある、美しい鳥の絵が施された——饅頭が現れた。

「おお、これは見事だ！」

蒼薇が自分の饅頭を置いて目を輝かせる。蒼薇の喜びがわかったのか、インコもパタパタと翼を羽ばたかせた。

「これは後宮で祝い事のときにいただく鳳凰饅《ほうおうまん》というものでな、表面の彩色も見事だが、中はもっとすごいぞ。七色の餡《あん》が虹のように重なって入っている。見た目も味も最高だ」

蒼薇は目を輝かせ饅頭を見て、怜景を見た。その子供のような笑顔に怜景は頭を抱える。これが人よりも気高い龍の顔なのか。

「もしやと思うが一応聞こうか。俺たちになにをさせたい」

「察しがよくて助かる。もう一度蒼薇師におでましを願いたい」

「また坊主の真似事をしろと？」

怜景は顔をしかめてみせた。

「俺たちはお前たちの気晴らしの道具じゃないぞ」

「大きな行事は金がかかるし、稟議書《りんぎしょ》を通すのが面倒なんだ。お前たちに金は惜しまないぞ」

「だが断る。それより妃たちを妓楼につれてこい」

「そんなことができるか」

真白は饅頭をさっと布で包んだ。蒼薇が「あー」と情けない声をあげる。キッと怜景を睨むと唇がつかんばかりに顔を近づけた。

「怜景、怜景。坊主の真似事くらいなんだ。吾はやるぞ、やってやるぞ」

その顔を怜景は掌で押し返した。

「お前な、偽坊主だってばれたら俺たちは斬首なんだぞ」

「その点は絶対大丈夫だ。なにせ取り締まるのは我らなのだから」

真白がふんぞり返る。

「御身らの安全は必ず守る」

「そうは言ってもなあ……」

「おお、そうだ。怜景、お前にも土産があるのだ」

真白はわざとらしく声をあげ、もうひとつの包みを取り出して結び目を解いた。中から現れたのは木と金属で作られた塔のようなものと、大きな虎の置物だった。

「なんだこれ……？」

「まあ見てろ」

真白が塔の下の方に付いている歯車を回すと、塔に作られた階段がかたかたと動き出す。

「お、動いたぞ」

蒼薇がはしゃいだ声をあげる。

「からくり仕掛けか」

怜景も興味深そうにその動きを覗き込む。トーファがちょんちょんと近寄ってきて、小首をかしげながら玩具を見つめた。

「お？」

真白は階段に小さな船の玩具を載せた。その船は階段で運ばれてゆき、てっぺんまで上るとすーっと螺旋状になった坂を滑り降りてくる。そして下へ到着するとまた自動的に階段を上り出した。

「おお、すげえ！」

「それからこれは」

虎の置物の首をひねったり足を動かしたり、果ては胴体を割ったりすると、鎧に身を固めた武神に変化する。怜景はその見事な変形に目を輝かせた。

「面白いな！」

「気に入ったか？　高名な工芸師が作った品だ」

「ああ、素晴らしいな！」

真白はにんまりと怜景を見る。その笑顔に怜景は乗り出していた身を引っ込めて咳払いした。

「……同伴は高いぞ」

「ああ、もちろん」

今度は蒼薇が卓に身を乗り出した。

「真白、それでは吾の饅頭は……」

「怜景の許可が出たからな。これは蒼薇師のものだ」

「ありがたい！」

蒼薇は両手で巨大な饅頭を抱え、怜景は何度も階段を動かして船を上らせている。

真白はそんな二人に子供に向けるような笑みを浮かべた。

饅頭はともかく、工芸品は「男の子供が好きそうな玩具を」と探させたものだ。食や色には興味がなさそうだし、金銭では軽蔑されそうだ。隙のない男、という印象の怜景の心を動かすにはと真白は頭を悩ませた。

相談に乗ってくれたのは警士をしている兄だ。

「男はいつまでたっても子供の部分があってな」

こんなものが面白いのだろうかと半信半疑だったが、しっかりと怜景の心を掴んだらしい。

「兄上に感謝だな」

呟いた言葉も、夢中で虎の変形玩具を弄《いじ》っている怜景には届いていないようだった。

それから三日ほどして用意が調い、怜景と蒼薇は後宮へ向かった。

前と同じように僧帽に豪華な袈裟《けさ》で僧者に扮《ふん》する。前回は食供養のためだったが、今回は後宮を覆う不安の気を祓うという名目になっている。

すっかり赤や黄色に色づいた後宮の庭を、インコを肩に乗せた蒼薇が歩けば、宮女たちが歓声を上げながらついてきた。

美しい庭園の中をさらに美しい蒼薇を先頭に、着飾った宮女たちが笑いさざめきながら歩いて行く光景は、天女たちの行進のようだった。

蒼薇は庭のあちらこちらに水を撒《ま》き、草花を潤わせ、鳥を呼び、女たちを喜ばせた。

天気のよい秋の日で、小さな虹がきらめきながらたくさん生まれる。

「僧者さま」「降臨《こうりん》さま」「蒼僧者さま」と宮女たちが蒼薇の名を呼んでいた。

「気持ちよさそうにやってるなあ」

少し離れたところで怜景は水を撒き散らす蒼薇を見つめていた。隣には真白がいる。

「いつも教えてくれないが、あの技はいったいどういう仕掛けがあるのだ？」

真白が不思議そうに問う。

「そりゃあ秘密さ。奇跡の技のネタを教えるわけにはいかねえ」

「お前はしないのか？」

「ああいうのは一人しかできないのが本物らしくていいんだよ」

怜景はニヤニヤ笑いを浮かべて答えた。

「しかし、やはり来てもらってよかった。みんなの顔を見ろ」

真白は蒼薇の撒く水に手を差し伸べる宮女たちをあごで示した。

「とても楽しそうだ。昨日までは火事が起こるのではないかとビクビクしていた。この一瞬でも憂さを晴らしてくれればな」

きらめく景色に目を細めながら、真白が呟く。

「用心するのはいいことだと思うがな。この時期は街中でも火事が多い」

無粋な正論だな、と自分でも思いながら怜景が言う。

「もちろんそれは用心しているが、発端が赤猫というのが不吉なんだ。宮女たちも怯えていてな、最近では猫を見るのも恐《こわ》がって、猫を飼っている宮女たちと諍《いさか》いまで起こっている」

「そりゃとんだとばっちりだ」

「そうなのだ。今は後宮《ここ》で不祥事は起こせないのだがな……」

真白の口調が重いことに怜景は気づいた。長年隼夫をやっていれば、客の女性の表情や仕草でその心のうちを測ることができる。真白は赤猫の他に気にかかっていることがあるのかもしれない。

きゃあきゃあとかわいらしい歓声が上がり続けている。なので気づくのが遅れた。その黄色い声の中に明らかに異質の声が交じっているのを。

「きゃああっ！」

「赤いっ、牛が……っ！」

きれぎれの言葉にはっと目を向けると、花園の向こうから大きな黒い塊が突進してきた。確かにそれは牛だった。

後宮では乳や肉をとるために牛や羊が飼われている。広大な後宮の庭の奥に放牧場が作られ、宮女たちが世話をしていた。その一頭だろうか。

普段は大人しい、穏やかな生き物だが、今は荒れ狂っている。無理もない、二本の角に松明《たいまつ》をくりつけられ、それがぼうぼうと燃え上がっているのだから。

牛が頭を振って飛び跳ねるたびに、炎は赤い軌跡を描き、火の粉が飛び散る。火の粉をまとうその姿はまさしく赤牛。

ぶおぅおぅおう――おぉぉ――

恐怖と怒りの太い声が、牛のよだれまみれの口から発せられ、庭の中に響き渡った。

「みんな、散れ！ 固まるな！」

真白は叫ぶと駆けだした。

宮女の一人が牛の頭に撥《は》ね上げられて、紙のように宙に舞う。さらに悲鳴があがり、牛もまた興奮を増した。

蒼薇は、と見ると宮女たちを連れてこちらに逃げてきた。怜景は蒼薇と一緒に女たちを手近な館へと誘導し、中へいれた。インコも捕まえて部屋に放り込む。

「部屋の奥に入って扉を閉めていろ！」

そう叫んで入り口の扉を背に、怒り狂う赤牛を見る。真白と花練兵の数人が取り囲んでいたが、彼女らの細い剣では太刀打ちできなそうだ。

「怜景、どうする？　吾なら抑えられる」

「あまり人間離れしたところは見せるな——そうだな」

怜景は長剣をひらめかせて牛に斬り掛かっている真白を見た。狂乱に支配されている牛は、細い剣の傷などものともしていないようだ。

「兵長！　牛の動きを封じる方が先だ、盾とかないのか！」

「今取りに行かせている！」

怜景が怒鳴ると真白が怒鳴り返した。

「間に合わねえ！　館の扉をひとつ借りるぞ！」

怜景は蒼薇を促し、背にしていた扉を確認した。後宮の妃の館の扉らしく、美しい彫りがほどこされているが、それなりの重さがある。

「こいつを取り外せるか」

「いいのか？」

しょっちゅう怜景からものを壊すなと言われている蒼薇はためらった。

「この混乱だ、だれも気にしねえ」

怜景が言い終わる前に、バキンッと酷い音をさせて蒼薇が扉をもぎとった。

「よし、いくぞ。お前の馬鹿力を貸してくれ」

怜景と蒼薇はその扉を横にして、一緒に牛のもとへ走った。

赤牛はふっふっと荒い鼻息を吐き、剣を持つ真白と対峙している。前肢でカッカッと地面を蹴って、隙を窺《うかが》いながら飛びかかろうとしていた。

「うおおおっ！」

そこへ扉を持った怜景と蒼薇が突っ込んだ。牛は突然現れた新手に顔を向け、躊躇《ちゅうちょ》なく飛びかかる。その頭突きを扉で受け止めた。

「あっちィ！」

扉の上から松明の炎が降ってくる。悲鳴を上げたが怜景は力を抜かなかった。

「蒼薇、とにかく押し負けるな」

「負けぬよ、余裕だ」

「必死な顔をしろ！　振りでいい」

言われて蒼薇はあわてて顔を引き締める。

「水で頭の火を消してやれ！」

「そうだな」

蒼薇が顔をあげると、突然頭上から水が滝のように流れ落ちてきた。その水は牛の松明を瞬時に消し、その怒りに満ちた顔も洗う。蒼薇と怜景も濡れ鼠《ぬねずみ》だ。

「話せるか？　落ち着かせられるか？」

「やってみる」

牛はまだぐいぐいと扉を押してくる。蒼薇はその扉に額をつけ、なにごとかを口の中で呟いた。

混乱しきっている牛をなだめるには、さすがの蒼薇でも時間がかかったようだ。どのくらい牛と押し合っていたのか、ようやく向こうの力が抜けたときには、怜景も扉を持っていることができなかった。

ガタン、と扉が地面に落ち、すっかり大人しくなった牛が蒼薇の手に甘えるように顔を押しつけている。それを見て、怯え隠れていた宮女たちがわっと歓声を上げ飛び出してきた。

「蒼僧者さま！」

「降臨さま！」

俺も一緒に戦《や》ってたんだけどな、と怜景がぼやくくらい歓声は蒼薇一色だ。トーファが怜景の肩に降りてきて、慰めるように耳をつつく。怜景は濡れて落ちてきた前髪を両手でかきあげた。

「助かった、怜景、蒼薇師」

剣を納めた真白が近づいてきた。蒼薇は牛を撫でながら、

「怪我はたいしたことなさそうだが、手当てをしてやってくれ」と引き渡した。

「わかった」

「牛には罪はないぞ。ただ怯えていただけだ」

重ねて言う蒼薇に真白はうなずく。

すぐに牧舎の係がやってきて、牛に縄を掛け引き連れて行く。真白は怜景たちに乾いた手布巾を渡した。

「ありがとう、お前たち怪我はないか」

「手が痺《しび》れているくらいだな」

怜景は笑って手を振る。真白は引き立てられて行く牛の姿を見ながら呟いた。

「赤猫の幻影はこの牛の事件を予告していたのだろうか……無事に終わってよかった」

「終わった？　馬鹿言え」

怜景は地面に落ちた松明を拾い上げると、それを真白に渡した。

「牛に松明をつけて放ったものがいるってことだ。だとしたらそいつを捕まえない限り終わりじゃねえよ、むしろ始まりじゃないのか」

「始まり……」

真白の瞳が蔭《かげ》る。その表情に怜景は気づいた。

「あんた、なにか知ってるんじゃないのか？」

二

「今回の騒動とは関係ないと思うのだが」

花練兵は後宮の北に宿舎があり、一般兵士は三人部屋だ。だが、兵長である真白の部屋は上級女官と同じように一人で使える。華美ではないが、質の良い家具でこぢんまりとまとめられ、主人の性格のようにさっぱりとしていた。

その部屋で真白は怜景、蒼薇に茶を淹《い》れてくれた。トーファは我が物顔で部屋の中を飛び回っている。

「実は最近、後宮不要説というのが王宮内で広がっている」

真白のいう王宮とは、政治を司《つかさど》る一二席の政務官たちのことだ。

「後宮不要説？ 後宮はいらないというのか」

「そうだ。もともと華国の後宮は、戦で侵略し、支配した国の妃や姫を人質とするための施設だったのだ。最初などは三〇人も妃がいたという。おまけに初代華王は全ての女性に子種を宿すほど、精力的な方だった。だが、初王の時代から三〇〇年、十数年まえの戦を最後とし、今ではすっかり平和になった」

その最後の戦は、自分が生まれた帛国相手だったな、と怜景は苦く思う。

「人質施設としても使うことはなく、現王が第三妃のもとへしか通わぬのなら、この広大な後宮の役目はなんだ、ということになってな。浪費の温床である後宮を解体してはどうかという案が出ている」

「ほう」

確かに後宮は金食い虫だろう。八人の妃（いま一人不在だが）の衣装代だけで、庶民の家が何十軒も建つ。

「しかし後宮は無駄に金を使うだけではない。後宮は数少ない女の働き場所だ。ここで手に職をつけ、市井で生活している女はたくさんいる。後宮で伝えられてきた芸術、文化、技術は世の男たちのものと比べても負けはしない。後宮は女性にとっても必要な場所なのだ」

そう言って真白は苦く笑う。

「まあそんなところも王宮の男たちに嫌われているところだがな」

「そうだな。いきなり後宮がなくなってしまえば、街に仕事にあぶれた女たちが溢れかえるだろうな」

「そういう女たちが行く先は……」

花街だろう、と怜景は思う。自立している女もいるが、やはりまだ世間は女が仕事をすることを受け入れない。女が自分で稼ぐことを嫌うのだ。

「後宮がなくなったら真白の仕事もなくなるのか？」

蒼薇が無邪気な顔で聞く。真白はきゅっと唇を噛んだ。

「おそらくな。王宮で妃の近衛《このえ》として雇われるかもしれんが、ただのお飾りだ。私が鍛え上げた技も力も役にはたたん」

うつむいていた真白は、ぱっと笑って顔をあげた。

「そうなったら花街で雇ってもらおうかな。私は強いぞ。妓女の用心棒などいいかもしれん」

「よせよ、兵長。笑えない冗談だ」

怜景は指の先でトン、と卓を叩いた。

「ただの議案だろう？　どうなるかなんて誰にもわからない」

「……そうだな」

真白の顔から作り笑いが抜け落ちる。トーファが肩に舞い降りてきて、くちばしを擦りつける。真白は指先でインコの小さな頭を撫でた。

「ありがとう、慰めてくれるのか？　シャオトーファ」

トーファは顔をあげ、のどを撫でろと催促する。真白は従順にインコののどをくすぐってやった。

「まあ、そんなわけで前回の二の妃の件といい、不祥事はできるだけ避けたい。不要説を唱えている連中に何を利用されるかわからんからな」

「今回のことは、しかし、報告するのだろう？」

怜景が聞くと、真白はうなずいた。

「ああ、もちろんだ。早く犯人を挙げろと言われるのだろうな」

「手がかりはないのか？」

真白は軽く肩をすくめ、

「今日は蒼薇師の祓いを見に宮女たちが庭園に集まっていたからな。むずかしい」

「蒼薇の祓いが利用されたという感じだな」

怜景と真白の視線を受けて、蒼薇がきょとんとする。

「吾のせいか？」

「いや、違う違う。蒼薇師に頼んだのは私なのだから、気にしないでくれ」

真白は慌てて言った。

「本来なら蒼薇師に頼むまでもないことだったのかもしれぬと、あとから反省したのだ。ただすぐにでも後宮の憂いを払う方法が思いつかなくてな。赤猫は火事の予兆と聞いていやな噂も思い出したので」

「いやな噂？　なんだ？」

真白は卓に身を乗り出すようにして、怜景に顔を寄せた。

「後宮不要説の一つなのだが」

「ああ」

「……後宮など燃やしてしまえばよいと発言した政務官がいるらしい」

あまりに乱暴な言葉に怜景は絶句した。

「公的な記録には残っていないので、あくまでも噂だがな……」

その日はそんな話をして別れたのだが、数日後に再び真白が紫燕楼へやってきた。


「また赤猫の話が広がっている」

紫燕楼の一階の客席で、真白は声を潜めた。今日も仕立てのよい女物を着ている。

「三の妃の侍女でなく、下働きの少女たちの間で熱病のように流行《はや》っているのだ」

「また蒼薇を貸し出すか？」

怜景がのんきな様子で言った。蒼薇はにこにことうなずく。だが、真白はじれったげに首を振った。

「今回はもうそんな段階じゃない。もっと酷いことが起こっている」

「酷いこと？」

「猫狩りだ」

真白は憤懣《ふんまん》やるかたないという顔で、出されていた飲み物をあおった。

「赤猫を見ないように後宮中の猫を狩り集め、殺してしまえと言うのだ」

「誰が！」

怜景は驚いた。猫だけでなく動物は等しく好きなほうだ。幼い頃育った田舎でも常に周囲には動物がいてかわいがっていた。

「王宮の男どもだ。やつらにはわからないのだ、後宮の女たちがどれほど小さな生き物に心を慰められているのか。彼らはただの愛玩動物ではない、彼女らの妹や弟、子供なのに！」

ドンと真白は卓を叩く。瑠璃杯《グラス》の中の液体が跳ね上がった。

「その、猫を狩り集めているのは……」

怜景の言葉に真白はがっくりと肩を落とした。

「――花練兵だ」

後宮では悲鳴が渦巻いていた。

「やめてえ！」

「猫を返して！　殺さないで！」

「あたしの猫ちゃんよ！」

花練兵の女兵士たちは苦しげな顔をしながらも、宮女たちから猫を取り上げ、竹細工の籠に放り込んでいた。飼われている猫だけでなく、庭に入り込んでいる野良も追い立てる。

「ひどい！　ひどい！」

「やめて、殺さないでぇ！」

怒り、泣き、わめく声。責めたてられる花練兵の兵士たちも目元を赤くしながら、それでも命令に従うしかない。

第一妃の館の扉が押し開けられた。長椅子に腰を下ろした第一妃が、兵たちをじろりと睥睨《へいげい》する。その足下には六匹の猫が集まっていた。白や黒や灰色の、いずれもこの国では珍しい尾の長い長毛の猫だ。翠玉《エメラルド》の瞳で兵たちを見上げる。

そのかわいらしさに花練兵たちもたじろいでいた。

「第一妃さま。恐れ入りますが、猫を引き渡していただけませんか」

花練兵兵長の真白が胸に手を当てて丁寧に訴える。

「この子たちは見ての通り赤くはない」

妃はきっぱりと言った。

「赤猫ではないのだ！」

「色は関係ありません。全ての猫を、と王宮……いえ、政務官一二席から命令が出ております」

真白は冷静な口調で事務的に言った。それがまた第一妃を怒らせる。

「後宮のことは後宮で解決すればよい！　なんのための花練兵だ」

役立たず呼ばわりされるか、と真白は唇を嚙んだ。しかしここはなんとか説得しなければ。

真白は兵たちに振り向くと部屋を出て行くようにと命じた。妃と二人きりになり、真白は床に膝をついた。

「第一妃さま。私とて喜んで命令に従っているわけではありません。この騒動が収まれば必ず猫たちはお返しします」

今度は誠意を込め、懇願した。第一妃が猫を供出すれば、ほかの宮女たちも出さずにはいられないだろう。

「嘘だ！　猫を集めて殺すと聞いたぞ！」

第一妃が悲鳴のように叫んだ。真白はそれにかぶりを振る。

「政務官にはそう報告します。しかし私たちには猫を安全に保護する方策があります。どうか、猫を渡していただけないでしょうか」

真白の言葉に第一妃は呼吸を整え、長椅子から乗り出していた身をゆっくりと戻した。

考えるように少し間を置く。

「——王宮を騙すというのか？」

声を潜める妃に、真白も小声で、しかしきっぱりと答えた。

「猫は全て集めて処分しました、と報告するだけです。処分の方法までは聞かれますまい」

第一妃は膝の上の猫を抱きしめた。

「本当に……無事返してくれるのか」

「お約束します。けれどこのことは他の方には内密にお願いします。政務官たちに知られたくないのです」

それでも妃はためらった。やがて、その方法しかないと腹を決めたようだ。

「わかった。だが必ず返してくれよ。この子たちが無事でなければわたくしもどうなるかわからんぞ」

「必ず」

「しばしの別れだ……元気でおれよ」

妃は猫を持ち上げると、その小さな顔に自分の頬をすりつけようとした。だが猫は拒否するように肉球を妃の目の上に押しあてる。

「まったく猫というやつは……」

妃は泣き笑いの顔で言うことをきかない猫を抱きしめた。

後宮中の猫を全て集めるのに三日はかかった。飼い猫野良猫を含め、一〇〇匹以上いる。それは後宮の女たちの十分の一の数になる。

花練兵は連日猫たちの詰まった籠を街外れの空き地に運んだ。そこでは頭から布をかぶった二人の男が待っていた。

真白が兵たちに先に戻れと命じると、彼女たちは悲しげな顔で籠を撫で、しおしおと帰って行く。きっとこの男たちが猫殺しだと思っているのだろう。

堅兵長は責任を感じ最後まで見届けるのだ、お気の毒に、と兵の間で囁かれているのを真白は知っている。

「今日も頼む」

真白が言うと、男たちは布を跳ね上げた。下から怜景と蒼薇の顔が出てくる。

「今日も大量だな」

ぎゃあぎゃあと鳴きわめく猫の入った籠を見て怜景が苦笑する。

「今日で最後だと思う」

「そうか。じゃあ始めよう」

怜景は真白から紙を受け取った。そこには飼い猫の名前が書いてある。

「一匹ずついくぞ、蒼薇。いいか？」

「ああ、大丈夫だ」

蒼薇は手に丸い形の壺《つぼ》を持っていた。その口を猫の籠に向ける。

「じゃあ始めよう。——鳴々《ミンミン》」

怜景が名を呼ぶと、籠の中から猫の姿が一匹消えた。「にゃー」と小さくかすかな声が壺の中から聞こえる。

「山査子《シャンチャズー》、雨天《ユーティエン》、白々《バイバイ》、小龍《シャオロン》……」

名を読み上げるたびに猫は次々と消えていった。やがてほとんどの猫が消え、残りは十数匹となった。

「さて、こいつらは野良だな、名前がない。名をつけてくれ、兵長」

怜景は紙と矢立《やたて》を取り出し、真白を急《せ》かした。

「もうネタ切れだ」

真白が情けない声をあげる。

「名前をつけないと収納できない。頑張れ」

「うう……」

真白はしぶしぶといった様子で白黒ぶちの猫を抱き上げた。

「お前は……餡子《シイエンズー》だ」

「シィエンズー」

怜景が名を紙に記して呼ぶと、餡子と名付けられた猫が真白の手の中から消える。

「ほら、次々行くぞ」

「あー、ええっと、お前は蒸しパン《ジイオンパオズ》……」

「ジィオンパオズ——食べ物ばかりじゃないか。兵長は食いしん坊だな」

「う、うるさい。ええっと綿菓子《ミングオズー》……」

また猫が消える。真白は蒼薇の持っている壺を見た。あの中に何十匹も猫が入っているなんて、いまだに信じられない。

あの「虚空の壺」、不思議な力は国宝級の宝ではないか。それを猫を救うためだけに使うなんて。

真白はあの日、怜景と蒼薇に相談しにいった時のことを思い出していた。

※

猫を集めて殺す、という話を聞いて、怜景は怒った。蒼薇も怒った。猫になんの罪があるのだ、赤猫の妄想に取り憑かれた愚かな人間たちのせいで、生き物の命を簡単に奪っていいのか。

「それに」

と怜景は続けた。

「後宮だけにとどまらないかもしれないぞ。この華の国全部の猫を殺すなんてことになったらどうするんだ」

「そんなことを言われたって、私にもどうすることもできないんだ！」

真白は悲鳴のように叫ぶ。

「私だって私の兵たちだってそんなことはしたくない。かわいい猫、ふわふわでぐにゃぐにゃで温かくて柔らかい猫、そんな猫を殺すなんてできない！」

「だが、あんたは兵士だ」

怜景が冷たく言うと、真白はうなだれた。兵にとって政務官からの命令は絶対だ。

「どこかに猫を隠しておけないのか？　集めて一時的に保護して、赤猫騒動が収まるまで――あの牛を暴れさせた犯人が見つかるまで」

「猫は一〇〇匹近くいる。そんな猫を収容しておく施設などない」

真白は絶望色の声音で答えた。

「どこか山の中に放すとか……」

「野良ならともかく飼い猫が山で生きていけると思うか？」

うーん、と怜景と真白は考え込んだ。

「ちょっと待っててくれないか？」

二人の会話に割り込んだのは、今まで黙って耳を傾けていた蒼薇だ。

「待って、なにか知恵があるのか？」

驚く怜景に蒼薇が花がほころぶように笑ってみせる。

「うむ、要は猫を安全に収容できればよいのだろう？」

簡単に言う。それができないから困っているのに。真白はのんきな蒼薇の顔に苛《いら》ついた。

「猫という生き物はほんの小さな隙間からも逃げ出してしまうんだ。それに小便は臭いし爪は研ぐし。そんなやつらを匿《かくま》える施設なんて――」

「真白、明日の朝まで待ってほしい。吾の記憶が確かなら、最適な道具があるのだ」

蒼薇は真白の声にかぶせるように言った。人をうっとりさせる美しい笑みを浮かべながら。

「道具？」

「そうだ。明日、もう一度来てくれ」

そして翌日紫燕楼を訪ねた真白に、蒼薇は一つの壺を見せた。茶色の釉薬《ゆうやく》がかかったなんの変哲もないぼってりとした壺だ。

「これは？」

「猫を収容する道具だ」

正気か？　と真白は壺と蒼薇を交互に見た。

「この壺は名前を呼ぶと呼ばれたものが吸い込まれる。少し前に吾は壺の中に吸い込まれたのだが、そのときの壺と似たようなものがあることを思い出して取ってきた」

「取ってきたって……どこから」

その質問に蒼薇は怜景と顔を見合わせ、それから笑って片目をつぶった。

「内緒だ」

蒼薇の答えに真白は首を振った。

「悪いがとても信じられない」

「では試してみよう、怜景」

蒼薇が名を呼んだとたん、真白の隣にいた怜景の姿が消えた。

「えっ！　ええっ!?」

「真白」

蒼薇が名を呼んだ。その瞬間、真白の視界が変わった。

「こ、ここは」

真白は真っ白な砂の上に立っていた。辺りはかろうじて見えるくらいの薄ぼんやりとした光がある。

「壺の中だよ」

ごく近くで声がして驚いて振り返ると、怜景が苦々しげな顔で、立っていた。

「俺たち二人とも壺の中に吸い込まれたんだ」

怜景はしゃがんで足下の砂をすくった。砂はかなり細かく、さらさらとしてつかみ所がない。

「う、嘘だ！　ここがあの小さな壺の中だなんて」

真白は恐慌状態《パニック》に陥り、叫びながら駆けだした。どこまで走っても風景は変わらない。白い砂を蹴散らして息が切れるまで走り、しかし不安になって振り返ると、遥か遠くにぽつんと点のような怜景が見えた。

「……っ」

真白はもう一度走って怜景のもとに戻った。

「本当に……っ、壺の、中、なのか……っ!?」

両膝に手を置きぜえぜえと喘いで顔を上げると、呆れたような目とかちあった。

「こんな場所が現実にあると思うか？」

怜景は落ち着いた声で答える。真白は天を見上げた。太陽も月も星も雲もない。ただ灰色の薄ぼんやりした光に満ちた天。

「まあ気にするな。俺も昨日放り込まれたとき、あんたと同じように駆けずり回――」

慰めるように言う声を、真白は地団駄を踏んで遮った。

「彼はなにものなんだ、なぜこんなものを持っている！」

「――今重要なのはそこじゃないだろう」

怜景は真白の両手をしっかりと握った。非現実的なこの世界で、怜景の熱くて硬い手だけが現実を告げている。

「見ろ、このだだっ広い空間を。ここなら猫が一〇〇匹でも一〇〇〇匹でも収容できる。逃げることもない。最適じゃないか」

「しかし、こんなところで……」

真白が言い募ろうとしたとき、どこからか声が聞こえてきた。

『……聞こえるか……？』

蒼薇の声だ。

『……どうだ……、広さは十分だろう……』

「ああ、十分だ。早く戻せ！」

怜景が怒鳴り返す。すると再び蒼薇の声が響いた。

『真白……』

そのとたん、真白は蒼薇の目の前に立っていた。蒼薇は壺を持ち、その口に向かって呼びかける。

「怜景」

すると怜景の姿も戻った。不快そうな顔で口元を押さえている。

「どうだ？　安心したか？」

へなへなと真白が床に崩れ落ちる。今、自分が体験したことはなんだったのだ？

「広さはいいとして、食べ物や水はどうするんだ？」

怜景が蒼薇に聞いている。真白はまだ頭が混乱していてなにも考えられなかった。

「この壺の中では時間は進まないから腹はすかないだろう。小便や大便はわからないが広い砂場だ、好きなところですればいい。猫の玩具や爪とぎも人と一緒なら持ち込める。箱や毛布も入れてやろう。できるだけ快適に過ごさせたい」

蒼薇の返答に怜景はうんうんとうなずいた。

「そうか。じゃあ安心だな。おい兵長、呆《ほう》けているヒマはないぞ。壺を使った猫収容作戦の打ち合わせだ」

怜景が言って真白の前で手を叩く。真白はようやく自分を取り戻すとよろよろと立ち上がった。

「なん……なんなんだ……お前たちは……」

「ただの猫を助けたい人間だよ」

怜景が真白の肩を叩いて笑った。

※

結局、この壺の出所については二人とも語らなかった。きっとどこか、明らかにしてはならないところから持ってきたのだろう。聞きたいのはやまやまだが、確かに怜景の言うとおり、今はそれは関係ない。猫を安全に避難させるほうが重要だ。

「毛玉《マオユー》……」

最後の猫の名を告げると、蒼薇は壺に優しく話しかけた。

「みんないい子だ、しばらくそこで遊んでおいで。じきに大事な人のもとに戻してやるからな」

声はあのときのように壺の中に響いているのだろうか？　猫たちは寂しくないだろうか。真白はぼんやりと蒼薇の持つ壺を見つめた。

「さて、兵長」

怜景は空になった竹籠を載せた荷車を引きだした。

「お前たちは赤牛を放った犯人を早く捕まえろよ?」

「わかっている」

ゴロゴロと荷車の車輪が回る。犯人捜しが一向にはかどっていないと怜景には言えない。いったいどうしたらよいだろう?

後宮は静かだった。今までなら花の蔭で、木の枝の上で、にゃあにゃあとかわいく鳴いていた猫たちがいない。

犬を飼っているものも、小鳥を飼っているものも、猫を失った悲しみにくれる友人たちに遠慮してか、あまり庭には放していない。

静かと言っても穏やかなのではない。牛を放ったものは誰だと後宮中が疑心暗鬼に陥り、ぴりぴりしていた。そこかしこで小さな諍いがあった。

「猫ちゃんたちはもう死んでしまったかしら」

「どうやって殺すの?　水で溺れさせるの?」

「毒だんごを食べさせるって聞いたわ」

猫飼いたちは集まるとそんな不穏な話をしてしくしく泣いた。

真白は自室で集められた報告書を読んでいた。赤牛が出た日の宮女それぞれの行動を書かせた書類だ。一〇〇〇人分を読むのも大変だが、裏付けをとるのはもっと大変だった。

だが、きっとどこかに証拠がある。必ず見つけてみせる！

真白が頭をかきむしっているとき、扉が遠慮がちに叩かれた。

「入れ」

どんな小さな情報でも持ってこいと言ってあるので、真白は躊躇なく声をあげた。目は書類から離さない。しかし、長い間、扉は開かなかった。

「？　どうした？　入れ」

再度声をかけるとおそるおそるといった様子で扉が開く。顔を覗かせたのはまだ幼く、宮女の中でも下の身分のものだった。

黄色い帯を巻いているのをみると、ここ三年以内に入った下働きの少女だろう。この後宮では三年は下働き、そのあと館付きの侍女になるか、各職場の専用宮女となる。

「あの……」

「なにか報告か？」

怯えた顔の少女に真白は優しく声をかけた。年若い下働きにとって、花練兵兵長は恐ろしい存在だろう。恐がられないようにと、蒼薇の微笑を思い出しながらにっこりしてみた。

……うまく出来た気がしないが。

「あの、あたし……杉香《シャンシィアン》と言います」

「うん、中に入ってくれ」

杉香と名乗った少女はようやく扉の中に体をいれたが、まるで貼り付いたようにそこから動かない。

「どうしたのだ？」

真白は笑顔を諦めて尋ねた。杉香はうなだれ、自分の足下を見ている。真白は苛だった。読まなければならない書類が山のようにあるのだ。だが、この手合いは急かしてはいけないということも、経験から知っていた。だから黙って待った。

「あの、あたし……」

真白にとっては気の遠くなるような時間だったが、実際は一〇回ほど呼吸をする間だったか、ようやく杉香が口を開いた。

「あ、あたしが牛に火をつけました」

「え？」

真白は驚いて杉香を見た。幼く、貧相でかよわい少女。この少女とあの凶暴な赤牛の心象《イメージ》が一致しない。

「あたしが角につけた松明を燃やして、牛を暴走させました。あたしがあたしが、犯人です。だから、だから……っ！」

わあっと杉香は泣き出した。

「猫を、猫ちゃんたちを殺さないでください！」

三

「結局、犯人が自首してきてこの騒動は終わった」

紫燕楼の一階で茶を飲みながら、怜景は真白の報告を受けていた。

「杉香は牧舎の下働きだったのだが、そこで酷い虐《いじ》めにあっていたのだ。堆肥の中に突き落とされたり、馬糞を食わされたり、荒縄で体を擦られたこともあるという」

真白の言った内容に怜景は顔をしかめた。

「そいつは酷いな」

「杉香が松明をつけて牛を暴走させたのも、虐めでそれをやられたんで思い付いたと言っていた。牛に追い掛け回された彼女をみんなで笑って見ていたらしい」

「なるほどな。小娘が一人で思いつくことじゃねえ」

「帰りたくても年季はあと一年残っている。杉香は悩んだ末に後宮が火事になれば帰れると思ったらしい……浅はかなことだ」

言葉は冷たいが真白の表情は悲しげだった。

「彼女はどうなるのだ？」

蒼薇が自分の茶器におかわりを注ぎながら聞く。

「放火はことの大小を問わず死罪だ」

あっさりと放たれたその言葉に、怜景は思わず叫んだ。

「そんな馬鹿な！　彼女には耐えがたい苦しみがあった。虐めを見つけられなかったのは後宮の怠慢だ。それに猫を見殺しにするよりは、自分が死ぬことになってもと自首したのだろう？　なんとかならないのか」

「もちろん、情状酌量の余地はある。なんといってもまだ幼いしな。だから極刑ではなく、砂漠の向こうの鉱山で一〇年の労働となった」

真白はそんな怜景とは逆に、感情を見せず淡々と述べた。

「一〇年……それでも長いな。鉱山の労働はかなり辛いのだろう？」

少女の受ける罰に、怜景は胸を痛めた。死ぬよりはましだろうか、死ぬほど辛い環境でないといいが。

「ところでお前たちは恩赦というものを知っているか？」

真白が不意に話題を変えた。もちろん怜景は知っていたが、蒼薇が首をかしげたので説明する。

「王宮で祝い事があったとき、服役している犯罪者たちの中から優秀なものや酌量できるものは罪を減らされるんだ」

「ふうん」

するとと真白がまるで手妻の種明かしのように、怜景たちを見ながら両手を広げた。

「そして第三妃である暁桜さまは今ご懐妊中で、春にはお子が誕生する。これは恩赦が必ず出る」

えっと怜景も蒼薇も期待を込めて真白を見た。真白はにこりと笑い、

「暁桜妃さまにも今回の杉香の話はしてある。ひどくお心を痛めておられた。きっと王にご進言なさるだろう」

その言葉に怜景も蒼薇も喜んだ。一〇年が半年になる。それなら杉香も耐えられるかもしれない。

「彼女を虐めたものはどうした？　まさかそのままってことはないだろうな」

怜景は真白の茶器に、景気よくどぼどぼと茶を注いで聞いた。真白はうなずき、

「とりあえず杉香にした虐めはすべて自分の身で経験してもらった。その上で後宮追放だ」と、自慢げに答えた。

「え、じゃあ堆肥に？」と怜景。

「落とした」

「馬糞を？」と蒼薇。

「食らわせたし、荒縄で肌がすりむけるまで擦った。当然だろう、自分たちがどれほど酷いことをしたか、しっかりと分からせなければ」

真白は腕を組んできっぱりと言った。

「私は虐めなどという陰湿で卑怯《ひきょう》なことは大嫌いなのだ」

「はは、さすがは兵長だ」

怜景は自分の茶器を持ち上げると真白に掲げた。

「赤猫騒動終結おめでとう！」

「ありがとう。今回はお前たちの壺に助けられた」

真白は床に置いてある壺に目を向けた。ことが済んだので返しにきたのだ。

「ああ、猫はみんな飼い主に戻ったか？」

「うむ。表向き、猫は処分したことになっているので、今後宮にいるのは新しく飼った猫ということになっているがな。政務官たちもそこまで調べはしない。それにしてもこの壺……」

「壺の話は内緒だ」

蒼薇が片目をつぶって指を顔の前に立てる。愛嬌《あいきょう》のある子どもじみた顔だ。

壺は、地上の宝を全て集めたという、今は滅びた中帝国《シエン》の秘宝だ。蒼薇が、帝国が埋まっている崙山《ルオン》まで飛んで掘り起こしてきた。だが、そんなことは言う必要はないし、教えるつもりもない。

「わかった。世の中にはひとつふたつ不思議なことがあってもいいだろう」

真白がため息をついて椅子の背にもたれる。怜景は微笑んだ。蒼薇に関して言えば、ひとつどころか無数に不思議なことが湧いて出るが。

「しかしやはり不思議に思う。赤猫というのはなんだったのだろうな」

蒼薇の声が湖にぽんと小石を投げたように響いた。真白も怜景も蒼薇を見る。

「おいおい、せっかく終わったのになにほじくり返してんだよ。兵長が言っていたじゃないか。閉ざされた後宮のうっぷんが溜《た》まったあげくの集団幻覚だと」

怜景が両手を広げて茶化すように言ったが、蒼薇はまじめな顔をしている。

「だが現実に牛の暴走があったではないか」

「そうだが……」

「雪瑛という侍女が発端だな。彼女は幼いころも赤猫を見ている。彼女はもしかしたら特殊な才があったのかもしれんが、ほかのものも見たのが気にかかる」

真白がふむ、とうなずいて蒼薇の意見を聞くべく顔を向けた。

「まだ起こっていない出来事を見るのは予知と呼ばれる」

蒼薇の声は奇妙な重みをもって部屋の中に広がった。

「吾が知っているものの中にも遠い未来、近い未来を見ることができるものがいた」

蒼薇が知っているならそれは龍の仲間だろうと怜景は思う。

「突拍子もないかもしれんが……吾は後宮自体が予知したのではないかと考える」

「ええ？」

ほんとうに突拍子もない言葉に怜景も真白も驚いた。

「何百年も続いた後宮という仕組み《システム》。女だけという場。閉塞した空間。そんな特殊な場所なら、自分の身を守るために夢のひとつも見せそうだと思わないか」

「まさか、そんな……」

はは、と怜景は乾いた笑い声をあげる。だが真白はまじめな顔でうなずいた。

「あるかもしれないな。後宮のような場所はほかにない」

「兵長までそんなことを」

「さっきも言っただろう。世の中には不思議なことが起こる」

怜景は蒼薇を窺った。一番の不思議はこの生き物だが。

「後宮が火事を予知して自分の命を守ったということか」

怜景は首を振ると、器の茶を一気に飲み干した。

「だとしたら、これ以上危険なことが起こらないように後宮に祈っておくしかないな」

そう言ってどぼどぼと茶を器に注いだ。

「さあ、祈ろうぜ。これ以上後宮で騒動が起こらないようにと」

もう一度茶器を持ち上げる。真白も持ち上げた。蒼薇もあわてて真似をする。

「後宮の安泰に」

「安泰に」

カチリ、と涼やかな音をさせて、三つの器がかちあった。

だが、後宮が赤猫によって危険を知らせたのは、実はこの事件のことだけではなかったのだ。


しばらく伽蘭街は静かだった。怜景も蒼薇も互いに自分の仕事に精を出していた。

紫燕楼の楼主、臥秦《ウォチン》は、後宮からの使いがこないのでほっとしているようだった。怜景たちが後宮に借り出されると、売り上げが極端に落ちるのだ。

「もう後宮には行かないでくれよ」

情けない顔でそう嘆願する楼主に、怜景は顔をしかめてみせる。

「俺だって行きたくて行ってるわけじゃねえよ。饅頭につられる蒼薇が悪いんだ」

「饅頭だったらわしがいくらでも買ってやる」

臥秦がそういうと蒼薇はにこにこして、

「ではとりあえず胡糖《フータン》の栗饅頭を五〇個――」などという。そんな他愛もない会話を楽しむ日々だった。

怜景と蒼薇は夜の仕事の前に食事をとるため、外出した。肌寒くなってきたので温かな麺類でも食べようと、いつもよりちょっと遠出をする。

通りかかったのは建築中の楼の前だった。行き過ぎようとして、「はて？」と蒼薇は首をひねった。

「なあ、おい」

怜景は現場で腰を下ろしている木匠《だいく》らしい職人に声をかけた。

「ここ、夏からやってるだろ？　なんだってまだ骨組みも建ってないんだ」

怜景の言葉通り、基礎工事は済んでいるのだが、その上に立つ骨組みがない。

「ああ、こっちが聞きたいよ」

職人は吐き捨てるように言う。

「木材が入ってこないんだよ、入ってきても一日一本がせいぜいだ。木匠はみんな開店休業さ」

「木材が？　不足しているのか？」

「そうらしい。なんでも買い占めているやつがいるって話だ」

職人はぺっと唾を吐いた。

「近いうちにどこかで大きな工事が始まるって噂でな。それがどこだかまったくわかんねえ。木匠関連《ルート》でもわかんねえってのはちょっとヤバイんじゃねえかって……」

そこまで言うと職人は立ち上がった。親方がやってきたらしい。

「今の話は内緒だぜ」

職人は片目をつむってそう言うと、親方のもとへ走って行った。怜景は首をひねった。

「木材が買い占められている……？」

「怜景、早く飯に行こう」

蒼薇が待ちきれないように怜景の袖を引く。

「餡かけ麺というのを早く食べたい」

「その餡じゃない、片栗を溶いたものだ」

「溶ける栗があるのか」

「だから！　その栗じゃねえ！」

怜景は蒼薇とおいしいもちもち麺を食べたあと、遠回りをして妓楼へ向かった。用事があったのは最近建て替えを始めた妓楼だ。

「なるほど、確かにな」

怜景は工事が滞っている様子を見て呟いた。

「なにが確かに、なのだ？」

蒼薇は布で覆われた妓楼を見て尋ねる。

「さっき木匠が言ってただろ、木材が入ってこないって。ここも建て替えをしてたからどうなってるかなと思って寄ってみたんだ。見ての通り、作業が止まっている」

怜景はガランとした現場を差し示した。

「作業が止まるとどうなるんだ？」

「妓夫や妓女たちが楼で働けない」

「それは大変だな」

蒼薇は同情のまなざしを中途半端に放っておかれている妓楼に向けた。

「これから冬になる。冬になれば空気が乾燥して、そして寒さのために火を使うことが多くなる。そうなれば火事が増える……そんなときに木材が入荷されないと大変なことになってしまう」

そう呟いた怜景の胸が不意にざわめく。「火事」という言葉が不安の影として広がってゆく。

「蒼薇、もう少しつきあってくれ」

怜景はそう言ってさらに足を伸ばした。向かったのは伽蘭街を縄張りにしている侠極《ヤクザ》の黒丸《ヘイワン》の組だ。

「よう、邪魔するぜ」

中に入ると人相のよくない男たちがガタガタと椅子を鳴らして立ち上がった。どうやら札遊びをしていたらしい。何人かは以前蒼薇にのされた人間で、こちらを見て顔色を変える。

「なんの用だ！」

「また殴り込みにきやがったのか！」

いきなり臨戦態勢にはいる男たちに、まあまあ……と怜景はにこやかに両手をあげてなだめる。

「今日はちょっと話を聞きにきたんだよ。いい情報があったら買いたい」

怜景は懐から金の入った袋を出し、札の散らばっている卓に置いた。

「情報だと？」

「最近木材が手に入らないらしい。誰かが買い占めているって噂だが、知らないか？」

怜景が言うと、男たちは顔を見合わせた。

「そういやなんかそんな話を聞いたな」

「木匠のやつらが零していたぞ」

「あんたらが関わっているわけじゃないのか？」

怜景が言うと、黒丸の男たちは肩を怒らせる。

「なんでもかんでも俺たちのせいにすんじゃねえよ。木匠の連中とはつきあいもある。やつらの邪魔になるようなことをすれば、こっちが木槌で殴られらあ」

伽蘭街の学校を建てるときに木匠たちと協力したおかげか、仲は悪くないらしい。

「そうか」

有益な情報はないようだ、と怜景は銭の袋を取り上げた。

「あ、ちょっと待てよ」

袋に物欲しげな視線を向けていた若い男が焦った様子になった。

「華京府には木材の仕入れをしてる店はいくつもあるが、一番大きなのは劉《リユウ》商会だ。そこが出ししぶっている可能性がある」

「なるほど」

怜景は袋に手をいれて銭をひとつかみ出した。

「なんのためにその店がそんなことをしてるのかわかったら教えてくれ。もっと金を出す」

怜景はそう言うと黒丸の組を出た。

「怜景、ずいぶん木材のことを気にしているのだな」

「うん……なにかな、気になるんだ」

とんとん、と胸を叩く。

「ここがもやもやして気持ちが悪い。なにか重要なことを見落としているような感じでな」

「ふむ」

不意に蒼薇が掌で怜景の胸を撫で回した。

「うわ！　なにすんだ」

「いや、もやもやとはどういう感じかと思って」

怜景が払いのけるのを無視して撫で続ける。

「触ったってわかるか！」

「吾ももやもやしてみたいな」

怜景は蒼薇の顔を見た。子供みたいな無邪気な顔をしている。

「……まあお前には当分無理だろうな」

「なぜだ」

もやもやする前に動いているだろうからな、とは言わなかった。ただぽんぽんと蒼薇の頭を叩く。蒼薇はむっとしたようにその手を払った。

「おい、怜景。もやもやを教えてくれ」

「やだよ」

「教えろというのに！」

その後、木材に関する情報は意外なところから転がってきた。紫燕楼へ月峯《ゲッポウ》が訪ねてきたのだ。

月峯は春頃に田恭《ディエンゴン》という男と一緒に、伽蘭街に子供たちのための学校を作った。彼女はそこで教師として働いている。

少し前までは政務官一二席の一人である範《ハン》氏の妻だった。さらにその前は、滅ぼされた辺境国帛の大臣夫人で、幼かった怜景と妹の香晶の教育係をしていた。

怜景は妓楼に客としてやってきた月峯に取り入り、彼女とその夫に復讐しようと考えていた。だが月峯は王やその子供たちを見殺しにしたという罪の意識に苦しみ、また、子供たちを助けようとしたこともわかり、怜景は彼女を許した。

それでも怜景が背負う滅ぼされた国の霊たちは、彼女の姿を見るたびにいまだ怜景の背中でのたうちまわる。

最近は数が少なくなり、力も弱まっているが、強い執着を見せるものがいる。怜景にもわかっていた。実の両親たちだ。彼らは範氏や月峯を許さず、怜景に重い頭痛を与えるほど荒れ狂うのだ。

「ああ、月峯。久しぶりだな、学校はどうだい？」

「順調ですわ、怜景さま」

月峰は微笑んだが、細い眉がわずかに寄せられている。どこか不安そうな色がその眉根に漂っていた。

「なにかあったのか？」

「実は……田恭先生の知り合いの方、見《ジイエン》さんというのですが、その方のお店が火事になって」

火事。このところ火事の話題が続くな、と怜景は思う。

「新しく建て直そうという話になったのですが、木材が入ってこないので、木匠さんたちも動きようがないと」

ここでも木材不足の話だ。

「それは……お気の毒だが、そのことがなにか月峯と関係があるのか？」

「ええ。私は田恭先生に頼まれて、見さんと一緒に華京市の木材を扱う大店にお願いに行ったんです。見さんはもうご高齢でしたので。でもそこで夫を――」

月峯は喘いだ。

「――元夫の範常照《ジョウショウ》を見ました」

ずきりと左肩が痛む。背後の鬼霊たちがざわついているらしい。怜景は肩をぎゅっと押さえた。

「まさか、その店は劉商会か？」

「ご存じでしたか」

木材を取り扱う大手の商会、そこに範が？

「常照は私には気づいていなかったようで、私たちが待っている控え室の前で話をしていたのです。ほんの少ししか聞こえなかったのですが、後宮が燃えれば、と言っていました」

「なんだと？」

「確かにそう言っていたのです」

月峯は両手の指を組み合わせ、願うように背の高い怜景を見上げた。

「夫は帛国の大臣であったころから強欲で自分勝手な男でありました。もしかしたらなにか大それたことを考えているのかもしれません。私はその言葉が怖くて仕方がないのです……っ」

ほとんど同時に怜景は以前真白が言ったことを思い出していた。政務官一二席の中から「後宮を燃やしてしまえ」という話が出たということを。

「範常照――」

もしそれが範だったら。そもそもなぜ一二席の司法官である彼がわざわざ材木商などへやってくるのだ？

木材の買い占め、大きな工事があるという話、そして後宮を燃やしてしまえという発言。

「まさか……」

怜景は月峯の両手を握った。

「範がなにを考えているのかわからないが、こちらでも調べてみよう」

「怜景さま、でも、どうか無理はなさらないで。常照は狡猾《こうかつ》な男です」

「……十分わかっているよ、月峯」

怜景を見つめていた月峯が、はっと怯えたような表情になる。そのとき自分がどんな顔をしていたのか、怜景にはわからなかった。


「蒼薇、トーファを後宮の真白に送ることはできるか？」

部屋に戻った怜景は、寝台に横になっていた蒼薇に声をかけた。黄色いインコは蒼薇の銀色の髪の中でくつろいでいる。

「それはできると思う、トーファは真白を覚えているし、吾の言うことを理解するからな」

「じゃあ頼む」と怜景は蒼薇に両手をあわせた。「俺は真白に文を書く。それをトーファの足に結びつければ……」

「そんなことしなくても直接トーファに伝言させればいい。せっかく言葉を話せる鳥なのだ」

「――覚えられるかな」

蒼薇はおやおやという顔をした。

「トーファや。怜景はお前の能力を低く見ているようだぞ」

そう言うと、トーファがキイイッと甲高く鳴いた。

「ほら、怒っている。自分にやらせろと言ってるぞ」

「そうかぁ？」

怜景が蒼薇の寝台に腰掛けると、インコは膝の上にドスンと乗ってきた。

「ちゃんと言えるか？『後宮を燃やせと言った政務官は誰か調べろ』と」

「キー、ケー、コーキューモアセ、セーム、カア、ダーレ」

インコは羽ばたきながら言った。意味はとれるが聞き取りにくい。

「だめだろ、これ」

「一度で諦めるな。できるまで繰り返せばいい」

蒼薇が励ます。怜景は仕方なく言葉を繰り返した。

「『後宮を、燃やせと言った、政務官は誰か、調べろ』だ」

「コーキュオ、モヤ、セト、イタセーム、カン、ダレカ、シーラベ、ロロロ」

トーファは何度か繰り返し、ようやく滑らかに言えるようになった。

「よし、真白に会うまで忘れるなよ」

頰を掌で撫でると、嬉しそうに目をとじてすり寄ってくる。

「じゃあやってくれ」

怜景の声に応えて蒼薇がトーファを腕に乗せ（すでに指に乗せるには大きすぎる）、窓辺に寄った。

「よしいけ、いい子だ、シャオトーファ」

蒼薇が腕を振るとインコは黄色い翼を広げて飛び立った。午後の太陽めがけてまっしぐら、華京府の花園、後宮に向かって。

四

秋の日暮れは早い。西の空に太陽が黄金の名残をまき散らして落ち始め、灯子《トウシ》が伽藍街の城壁を走り回り始めた頃、インコのトーファが戻ってきた。

はあはあとくちばしを開けているインコに、蒼薇は瑠璃杯《グラス》にいれた水を与えた。

トーファは瑠璃杯にくちばしをカツカツと当てながら水を飲む。

「トーファ、真白に会えたか？」

怜景が声をかけるとインコはそっくり返って翼を広げた。

「ソンナニ、カンタンニ、シラベラレル、カ！」

「うわ、真白の声だ」

蒼薇がケタケタと笑う。

「怒ってるぞこれは」

「まあ後宮の人間がそう簡単に政務官を調べることはできないか」

トーファがもう一度羽ばたいて叫んだ。

「コンバン、イク！」

「え？　真白が来るのか？」

「まさか」

蒼薇が嬉しげに手をすりあわせる。

真白は紫燕楼を何度も訪れてはいるが、それはいつも楼が開いていない昼だ。夜になればここは酒と色を売る夢の国となる。真白はまだ体験したことはないはずだ。

「大丈夫かな、お固い花練兵兵長が」

「真白が客となるのか。来たら吾にも知らせてくれ、オモテナシしよう！」

「やめとけ……」


そして伽蘭街が花開く時間となった。塀の上の赤い灯り、店の軒に下げられる青や黄色い灯り、窓から零れる白い灯り。様々な光が咲く花街、色街、伽蘭街。着飾った女や甘い香りを放つ男たちが行き交う街。

怜景は楼の一階で女たちの相手をしながら、ちらちらと入り口に目をやっていた。一応楼主の臥秦には話を通しておいたので、真白がきたらすぐに知らせてもらえる。臥秦はいい顔をしなかったが。

「……それでね、最近……滞っているのよ」

客の女性が言った言葉もよく聞いていなかった怜景は、慌てて視線を彼女に戻した。

「知りませんでした、それは大変ですね」

聞いてなくても前後の文脈で適当な返事をする。

「そうなのよ、特に不作だなんて話もないし」

「木材ですか？」

不作と言えば木材と考えてしまった怜景はうっかり言葉を放ってしまった。女性は目を三角にすると、ぐいっと顔を近づける。

「なによ、聞いてなかったの？　小麦よ小麦」

思い出した。この女性は製麺工房の女主人だった。

「小麦が滞っていると？」

「そうなの。うちの工房にも普段の半分くらいしか入ってこなくて」

「先日おいしい麺を食べたんですが、値上がりしていました。そのせいですか？」

「たぶんね。麺だけじゃないわ。このままだと包子《パオズ》も菓子も、小麦を使っているものは軒並み値上がりするわね」

「それは……」

ある意味木材より華国の運命を左右するかもしれない。華国は小麦大国だ。食品の大部分に小麦を使っている。

木材に小麦、重要な消費物が二つも滞るなんて。

「――怜景さん」

見習いの猛伊が近寄ってきた。

「いらっしゃいました」

「そうか」

怜景は製麺工房の女主人に断って席を立った。代わりに店で二番目と三番目に売れっ子の男をつけてやる。

女性は一瞬不満げな顔をしたが、売れっ子隼夫がすぐに左右に座って酒を注いできたので笑顔に変わった。

怜景が猛伊に教えられた席に向かうと、驚いたことにいたのは真白一人ではなく、男も一緒だった。鷹《たか》のように鋭い目と痩せた体。彼は警士の高藍燕《ランイエン》だ。

怜景は隣に座る真白に目を移した。いつもと違い華やかな装いで、化粧までしている。普段は質素な服に素顔なので、唇に紅を差しただけで印象がずいぶんと変わった。

「さすがに本番だと立派なものだな」

同じことを真白も思ったらしい。隼夫らしい派手な格好の怜景に目を瞠《みは》っていた。その視線になんだか妙に気恥ずかしくなってしまい、怜景はいつもの軽口も言わずに席についた。

「怜景、私の兄の高藍燕だ。前に会っているだろう？」

「ああ、翡泉の事件のときにな」

高は黙って小さく頭をさげた。

「どうして高警士まで」

「なにやら物騒な気配がしたのでな、念のためだ」

真白が軽く笑う。そこへ見習いの直秀が酒を運んできた。

「飲めないなんて言わないだろ？」

怜景は酒壺と瑠璃杯を四つとりあげ、三つを自分と客の前に置いた。残り一つはあとから蒼薇がきたときのためだ。

「ああ、お前の商売の邪魔はしたくないからな」

真白は微笑んで言う。さっきの客の酒が残っているのか、彼女がひどく美しく見え、怜景は緩くかぶりを振った。

「――とりあえず乾杯だ」

杯に白葡萄酒《しろぶどうしゅ》を注いで掲げると、二人も同じようにした。そのあと、まるで水でも飲むように一息で飲み干す。

「おいおい、ずいぶんいける口じゃないか」

驚いた。真白がこんなに飲むとは思っていなかった。真白は答えず、にやりとしただけだった。

「それで、――トーファが伝えたことはどうだ?」

何杯か飲んだあと、怜景は尋ねてみた。真白は首を横に振り、

「仲の良い茶官《さかん》(後宮にいる去勢された男性使用人)に聞いてみたが、やはりはっきりとはわからない。ただ調べてくれるとは言っていた」

「まあ一日でわかるものでもないとは思っていたが」

「だが、その噂を調べろと言うのは、なにか切っ掛けがあったのではないのか?」

今まで黙って酒を飲んでいた高が発言する。やはり鋭いなと怜景は杯を目の上にまで上げてみせた。

「今、華京府で木材が流通していないというのを知っているか？」

真白は目を丸くして首を横に振る。だが高はうなずいた。

「聞いている。先日その件で木匠同士の喧嘩《けんか》があった」

「俺もつい最近知った。おまけに小麦まで入りづらくなっているそうだ」

怜景はついさっき聞いた情報を流してみる。

「小麦まで？」

「昼食に使っている立ち食い麺屋が一斉に値上げをしたのはそのせいか」

後宮勤めの真白はともかく、自腹を切る警士にとっては切迫した事態だろう。

「木材と小麦が繋がっているのかはわからないが、木材の方は大手の劉商会が買い占めをしている、という噂がある」

怜景は声をひそめた。つられて真白も小声になる。

「買い占め？　なんのために」

「わからない。ただ、その劉商会に、政務官が一人出入りしているのが目撃された」

「政務官が」

「その政務官が――いいか？　確実じゃねえぞ。断片しか聞いていないということだが、……後宮が燃えれば、と言ったというんだ」

ガチャン、と真白の手元の瑠璃杯が倒れた。怜景はすぐに杯を取り上げ、卓上の手布巾で拭き取る。

「その政務官は誰だ」

高が低い声で尋ねた。

「──司法の政務官、範氏だ。目撃したのは彼の元妻。見間違いじゃねえ」

「……」

高は腕を組んで椅子の背にもたれた。真白は唇を噛み、怖い顔で酒壺を睨んでいる。まったく妓楼にはそぐわない雰囲気の卓だ。

「後宮を燃やしてしまえというのも、後宮が燃えればというのも、冗談なのかもしれない。だが、木材の買い占めを行っている劉商会と繋がっているなら冗談ではすまないかもしれない」

わかるか？　と目線で訴えれば、高は小さくうなずいた。

「後宮が燃えれば──再建を目指すにしろ、新しい施設を作るにしろ木材は必要だ。いや、むしろすでに買い付けの約束ができているのかもしれない。王宮の事業となれば金に糸目はつけないだろう」

さすがに世の汚濁を見ている警士は理解が早い。

「勿論《もちろん》その場合、見返りが自分の懐に入るようにしてるんだろうな」

怜景は軽い調子で言ったが、真白は泥を飲み込んだような重い声で呟いた。

「まさか——まさか、政務官ともあろうものがそんな真似を」

「兵長、世の中はあんたみたいな正しい人間ばかりじゃねえ」

揶揄《やゆ》されたととったのか、真白が怒ったような目で睨みつけてくる。そういう顔をすると高と兄妹だと気づかされる。

「後宮不要説を一番推進しているのが範なら……そういうことも考える。やつは強欲で、狡猾だ。水面下で背信行為を行うのには慣れている」

怜景が吐き捨てると高は興味深そうな視線を向けた。

「範氏をよく知っているようだな」

「……あんたよりはな」

温厚そうな顔をして、父王のそばにいた範大臣。死の直前まで父は範の反乱に気づきもしなかった。笑いながら裏切るのだ、あの男は。

「ひとつ聞きたい」

高が杯を卓に置き、両手の指を組んで顎をのせた。

「なんだ？」

「範氏の元奥方が目撃者ということだが、その人とお前の関係は？」

「彼女が政務官夫人だったとき、俺の客だったのさ。だけど楼へ通ううちにこの街に学校を作るっていう考えに感化されてな、その活動にのめりこんで離縁されちまった。その活動には蒼薇も関係してたんで、親しいんだ」

話していない部分以外は真実だ。高は納得したらしい。

「わかった。俺は劉商会の木材の流れを調べてみよう。不足していると言ってどこかに隠しているのかもしれない」

真白も目に強い意志を乗せて顔をあげた。

「私は引き続き政務官を調べよう。後宮を燃やせと言ったのが誰か聞き込んでみる」

「俺は商会と範のつながりを探る」

怜景がそう言うと、高が首を横に振った。

「お前は大人しくしていろ」

「隼夫には無理って？」

非難を込めて睨むと高は怖い顔をしてみせた。

「お前の考え通りなら大金が動く話だ。金の大きさと人間の命は逆になる。危険だ」

「怜景、兄はお前を心配しているのだ。言うことを聞いてくれ」

真白にまで言われれば、怜景も引っ込むしかない。

「……わかったよ」

「真白！」

場にそぐわぬ明るい声が聞こえた。蒼薇が仕事を終えて階下に降りてきたのだ。

「やあ、よく来たな！　夜に来るのは初めてだな。お？」

蒼薇は腰を屈め、座っている真白にぐっと顔を近づけた。美しすぎる顔がいきなり近づいて、真白は椅子の背に体を押しつける。

「な、なんだ？」

蒼薇は紫色の瞳を大きくして、真白をまじまじと見つめた。

「真白、いつもより口が赤い。苺《いちご》でも食べたのか？」

「あ？」

真白の頬が赤くなる。怜景はあわてて蒼薇の腕を引っ張った。

「ばか！　兵長は化粧してるんだよ。すまない、兵長。こいつは霊が見えるぶん、普段の視力は悪いんだ」

「別に吾の目は……」

すねを蹴飛ばして黙らせる。

「悪い、兵長。こんな調子なので隼夫になれないんだ、こいつ」

無理矢理蒼薇の頭を下げさせると、真白が「ふふっ」と噴き出した。

「いや、いい。私もずっと口の周りがべたつくと思っていたのだ」

そう言うと真白は手元の紙布巾で唇を拭った。赤い色が消えて、いつもの真白の顔になる。

「おお、こちらはいつぞやの警士だな。久しぶりだ」

蒼薇は高に向かって挨拶した。高は唇を片方だけ少し持ち上げている。笑っているようだ。

「話は終わってしまったのか？　吾にもなにかできることがあればまぜてくれ」

「いや、いい」「結構だ」「とんでもない」

怜景と高と真白の声が重なる。三人で同時に発言して、そして三人とも耐えきれず噴き出した。

「なんだ、ずいぶん楽しそうだな。吾もまぜろというのに」

今までの重い空気を弾き飛ばすように、明るい笑い声が席に響いた。

真白や高にはああ言ったが、怜景は黙ってじっとしていることなどできなかった。範が関わっているならその悪事を暴き、社会的に抹殺したい。それでこそ自分の復讐は成し遂げられるのだ。そのときこそ、この背に巣くった悪霊を解放するときだ。

「蒼薇」

仕事を終えて部屋に戻ってきていた蒼薇は、トーファに歌を教えている。賢いインコはもう三曲ほど覚えていた。

「蒼薇」

もう一度呼ぶと、蒼薇が振り向いた。

「なんだ？」

「今日、俺と真白と高警士が話していたことだが」

怜景は要点をまとめて話をした。木材を買い占めて価格の高騰を待っている材木商、それと結託して後宮を潰そうとしている政務官。

それがあまりよくないことだとはわかっているだろうが、直接自分と関わりがないので蒼薇にはピンと来ていないようだった。

「つまりだな、……そうだ、最近は小麦の流通も滞っているらしいんだ。もし材木商が小麦にも手を出していたら、このまま放置すると小麦でつくる麺や饅頭が食べられなくなるぞ」

小麦の件が関係あるかはわからないが、こちらの方が蒼薇には重要だろう。思った通り、蒼薇はたちまち反応した。

「なんだって!?」

蒼薇の髪が一瞬で部屋いっぱいに広がり、次にはしおしおと床に垂れた。トーファが驚いて羽ばたき、棚の上に避難する。

「饅頭が……そんな……どうすればいいのだ怜景」

龍がこの世の終わりのような悲しげな顔をしている。怜景は笑い出したくなるのをこらえて「よしよし」と頭を撫でてやった。

「そのためにはな、材木商とその政務官の関係を調べなくちゃいけない。範がただ冗談で言ったのか、それとも本心から後宮を燃やしたがっているのか。本当に後宮は燃えるのか、後宮が燃えることで範にどんな見返りがあり、範はどんな手助けをしているのか……」

言いながらこれを調べるのは大変だなと思う。

「そんなの、とっ捕まえて締め上げればいいんじゃないのか」

蒼薇もけっこう俗っぽくなった。

「脅して引き出した言葉は証言にはならない。そもそも言葉だけじゃだめなんだ」

なにか証拠が必要だ。証文とか契約書とか。

「……後宮を燃やすなんて大事《おおごと》だ。土壇場で裏切らないように、互いに証文をかわしている可能性があるな」

「それを手に入れればいい」

パタパタパタと羽ばたきの音がして、振り向くとトーファが棚から自分の止まり木に飛んでいった。夜眠るときはいつもそこで休む。

「簡単に言うな、どこにしまい込んでいるかもわからないんだぞ」

「普通そういうのはどこに隠す？」

問われて怜景はちょっと考えた。

「そうだな、重要な書類なんかは自宅の手の届くところか、金庫だろうな」

「ふむ」

蒼薇は頭を横に傾けて考える顔をした。いや、振りかもしれない。

「その材木商の家はどこにあるんだ？」

「月峯の話だが、華京府の西だ。だだっ広い敷地があって、門から家まで馬車で五分はかかったと言っていた。王宮並みだな」

「敷地が広いのか。それは都合がいい」

「都合？」

蒼薇はにっと子供のような顔で嗤《わら》った。

「怜景、吾に少し時間をくれ。きっとその書類とやらを捜し出してやる」

「え……いったいどうやって」

「まあ任せろ。さあ、もう寝よう」

蒼薇はそう言うと、さっと寝台に横になり、掛け布を頭までかぶった。

「おい、蒼薇――」

声をかけたが返事はない。トーファも止まり木の上でもう眠ったのか静かだ。

「……ろくでもないことを考えなきゃいいが……」

怜景は呟いて燭台《しょくだい》の灯りを吹き消した。


蒼薇がしばらく待てと言った間にも進むべきことは進んでいた。真白が調べた後宮を燃やせ発言は、確かに一二席の一人が発したものだが、それは範常照ではなかった。

ただ、範氏が後宮不要派であることは確かだということだった。

高は木材の行方を追っていた。華京府に入る木材は街を流れる京河《ジンフェア》を使って運ばれる。劉商会は木材を切り出しているいくつかの林業者に金を渡し、それらを上流で止めてしまっているらしい。

「木材は途中で引き上げられ、劉商会の保有する空き地に蓄えられている」

高はそこまで自分の目で見てきたという。

「あれだけの量だ。やはりなんの保証もなく溜め込むとは思えない。きっと当てがあるのだ」

紫燕楼の一角で目つきの悪い男女と売れっ子隼夫が、顔をつきあわせて相談をしている図というのはおかしなものだろう。

「劉商会が政務官と繫がっているという証拠が手に入ればいいのだがな。元妻が聞いた証言だけでは引っ張れない」

「しかし本当に後宮に放火するなら犯罪——それも重罪だ。なんとかならないのか、兄上」

「確たる証拠もないのに逮捕はできない」

「強盗の振りをして屋敷に侵入するのはどうだ？」

怜景が思いついて言ったが、高は氷のような目つきで睨んできた。

「そうしたらこちらが犯罪者だ」

怜景は隣の蒼薇をちらりと見た。彼は機嫌のよい顔をして饅頭を頰張っている。小麦の値上げにより、いつもより数は少ないが手元にあるだけで嬉しいらしい。本当になにか策があるのだろうか。

あれから蒼薇がやっていることと言えば、部屋の窓辺に来る鳥たちに、雑穀を与えているだけだ。

毎朝、ずいぶん多くの鳥たちが来る。蒼薇は手に穀物を載せ、彼らに与えている。そのときなにか話しかけているようだが、怜景には聞き取れなかった。鳥の声が大きすぎるし、どうも人の言葉ではなさそうだったからだ。

（まさか、鳥を使ってなにかしようというのか？）

後宮での殺人事件でも鳥たちが活躍したことを覚えている。しかし……。

そんな日々が三日も続いた頃だろうか。

「怜景、来たぞ！」

夜、蒼薇が自分の仕事部屋から駆け下りてきて、接客中の怜景に声をかけた。怜景の客はいきなり目の前に現れた天女のような彼を見て、魂を抜かれたような顔をしている。

「来たって誰が」

蒼薇は怜景の客ににこりと微笑み頭を下げた。少し遅れてトーファが飛んできて、どすんと蒼薇の肩に止まる。いまや鷹並みに大きくなって、恥ずかしくてインコとは言えない。

「失礼、ご婦人。吾は怜景に用がある。お借りしてもよろしいか？」

女性客はコクコクと鳩《はと》のように首を振った。蒼薇もかなり紫燕楼では有名になっているのだが、初めて会うものも勿論いて、みなこのような状態になってしまう。

「さあ、怜景。行こう」

「イコーレーケー！」

トーファも高らかに叫ぶ。

「い、行くってどこに」

「劉商会だ」

蒼薇に手を引かれ店を横切ると、楼主の臥秦があわてて飛んできた。

「怜景！　蒼薇！　どこへ行くんだ!?」

「すまない楼主」

蒼薇はずいっと臥秦の前に顔を突き出した。

「ちょっと抜ける。なに、すぐ戻るさ。いわゆるヤボ用というやつだ。勘弁してくれ」

話しぶりがまるっきり怜景のようだった。ずいぶんと学習したらしい。

臥秦が答える前に蒼薇は扉を開けた。怜景も引っ張られて外へ出てしまう。

「おい、蒼薇――」

文句の一つも言おうと思っていた怜景は声を呑んだ。目の前に一人の男がいたのだ。その顔。

「あ、あんた、亜檀、か」

黒く長い髪、長身の怜景よりさらに大きく、がっしりした体。白皙《はくせき》の額の下の理知的な瞳、そして少し皮肉げに笑みを刻む薄い唇。

蒼薇よりもさらに古き龍、黒龍の亜檀だった。

「どうしてここへ」

「なに、白龍……蒼薇に呼ばれてな」

怜景は蒼薇を振り返った。蒼薇は他愛ない顔で笑っている。

「もしかして毎朝鳥に餌をばらまいていたのは……」

「そうだ、鳥たちに亜檀を捜してもらっていた。吾を手伝ってもらおうと思って」

「蒼薇には借りがあるのでな」

亜檀は苦く笑う。

「吾にもできぬことがある。しかし亜檀なら、もしくは二龍ならできることがあるのでな。さあ」

蒼薇はさっと腕を振った。

「行こう、劉商会へ」

五

劉商会は華京府の西にある。街の外れで周りには田畑が広がっていた。毎日多くの取引相手が来るので、屋敷までの道は馬車が通りやすいように整備されている。
延々と繋がる石壁の内側――敷地の内部にも木材の保管場所や製材所、加工工房が作られているのが見えた。

「ほう、聞いていた場所より広いな」

蒼薇は龍の姿に変化して劉商会の真上から敷地を眺めていた。白い月に照らされた屋敷や工房は、まるで玩具のように見える。

「これからどうするんだ、蒼薇」

怜景は蒼薇の上に乗っている。直《す》ぐ横には黒龍の亜檀も飛んでいて、非現実的な光景に眩暈《めまい》がした。トーファが一緒に龍の背に乗っているのが、かろうじて現実に引き留めてくれている。

「まさかこのまま屋敷に突入するわけじゃないだろうな」

恐る恐る言うと「まさか」と蒼薇が体を震わせて笑った。

「龍がそんなことをしたら、世間の龍に対する評価が下がるではないか」

「評価を気にする龍ってところでおかしいぞ」

チッチッと蒼薇は長い爪の生えた指を立てた。

「龍がやったら問題だ。だが、台風や嵐のすることとなら仕方がないだろう。なにしろ自然災害だから」

得意げに言う龍の鱗が月の光にきらきらと輝く。誰かが空を見上げたら、一発で気づかれるだろう。

「は？」

「自然災害は仕方がない」

亜檀も大きな口を開いて笑った。こちらの鱗は蒼薇よりは目立たないが、黒曜石の輝きを放っている。

「お、お前たち、まさか」

「怜景、しっかり掴まっていろよ」

白龍と黒龍は向き合うと互いに胴に比べて短い前肢を伸ばした。四本の前肢の中になにかが——目には見えないが、なにかビリビリと肌を震わせる空気が生まれている。トーファがあわてて怜景に身を寄せ、服の中に潜り込もうとする。

「そ、蒼薇!」

怜景はトーファを抱きかかえると蒼薇の胴にしがみついた。ふさふさした青銀のたてがみの中に顔を埋める。インコは苦しげにギャーッと鳴いたが放さなかった。

二体の龍の間で生まれた空気の塊が、渦を描き出しながら下へ降りて行く。細かい土塊《つちくれ》や薄い葉が巻き込まれて行くのが闇の中でもわかった。

二龍が手を広げると、渦もまた広がって行く。怜景が見ているうちに劉商会の敷地の中の庭木がざわざわと揺れだし、屋敷の窓をカタカタと鳴らし、屋根の瓦も音を立てだした。

空気の渦はますます大きくなり、今は目に見えるほどになった。周囲に土埃を巻き込んでいるせいだ。

屋敷の中の者も異常に気づいたのか、騒がしくなる。窓の中に灯りがつき、ばらばらと人が出てきた。

今や渦は竜巻となり、まず木材の加工工房に襲いかかった。木造の工房はたちまちバラバラの板きれに変えられ、吸い上げられた。竜巻は向きをかえ、木材の保管場所に向かった。人間が一〇人以上で運ぶ木材が子供の遊びのように放り上げられる。そして、ついに竜巻は屋敷を襲った。

悲鳴があがる。怜景は夜の中に人形のように巻き上げられる人たちを見た。

「そ、蒼薇！　人は——人は傷つけるな！」

「もちろんだ」

見ていると人間や飼い犬は渦から離れ、敷地の外にふんわりと着地している。

竜巻の牙は屋敷を解体しにかかっていた。屋根が剝がれ中が丸見えになる。まるで人形の家のようだ。竜巻はゆっくりと屋敷の中を移動した。全てを吸い上げるように念入りに。

様々なものが渦の中に見える。寝台や台所用具や簞笥《たんす》や衣装、食材に衝立、長椅子、卓、絨毯や文机《ふづくえ》——。

「人以外は全部一箇所に運ぶ」

亜檀の声が聞こえた。

「あとは人間の仕事だ」

揶揄《からか》うような言い方に、怜景ははっと気づいた。まさか、この運ばれたものを俺が一人で――!?

「ちょ、ちょっと待っ……っ」

「では行こうか、怜景」

竜巻が敷地を離れまっすぐな道に沿って移動して行く。二龍はそのあとを追った。トーファも羽ばたく。インコが追いつける速度か心配だったが、トーファは力強い羽ばたきでついてきていた。

怜景が蒼薇の上から振り返ると、石造りの塀の中、屋敷はまるで巨人に踏まれたかのようにぺちゃんこになっている。そしてその外では人間たちが呆然と災害の跡を眺めていた。

怜景と蒼薇が紫燕楼へ戻ってきたのはそれから三日後の昼だった。二人ともずたぼろになった服装で、泥まみれになっていた。トーファも黄色い部分が少ない。

山中に運ばれた劉商会の瓦礫《がれき》の中を、三日間這いずりまわったのだから仕方がない。

だが収穫はあった。

「どうしたんだ、その格好は！　どこへ行っていたんだお前たち！」

楼主の臥秦に怒鳴られたが、怜景は答えることもできずふらふらと自分の部屋にあがった。かろうじて汚れた服を脱ぐと、素っ裸で寝台に倒れ込む。

「……もう、誰が来ても……夜まで起こすな」

そう言うなり意識が途切れた。


眠ったのは一瞬だった気がしたが、開いている窓の外が夜になっていたのでそれなりの時間眠ったらしい。怜景はため息をつき、もう一度寝ようかどうしようかと迷って、結局起きた。

一刻も早く手に入れた書類を真白と高に見せなければならない。この書類に書かれていることが真実なら、すぐにでも動かないと大惨事が起こる。

部屋に蒼薇はいなかった。仕事に行ったらしい。龍も不眠不休で書類捜しをしていた筈だが人のように疲れてはいないようだ。

怜景は部屋を出ると蒼薇の仕事部屋に行った。小さく扉を叩くと応《いら》えがあった。

扉を開けると見知らぬ女性客が目を腫らして座っていた。蒼薇は彼女を抱きしめて頭を撫でている。女性客は怜景には目もくれず、うっとりとした顔で蒼薇の胸に体を預けている。

怜景は黙って部屋の隅に座った。とりあえず仕事を終わらせよう。

蒼薇は小さくうなずき、二言三言女性客の耳に囁いた。客は安心したように微笑むと、蒼薇に深く頭を下げ、出て行った。

「ようやく起きたか、怜景」

「ああ、すまない。休ませてもらった」

「臥秦が怒っていたぞ」

「それでも叩き起こさないところが楼主のいいところだ」

怜景は蒼薇を連れ出し、自室へ戻った。

「トーファを後宮に行かせられるか？　真白を呼びたい。すぐに、だ」

「大丈夫だろう。トーファは夜も目が見える」

蒼薇は止まり木でうとうとしているインコの頭を指で撫でた。トーファは目を開けると大きく口を開けてあくびをする。

「すまないが後宮へ飛んでもらえるか？　真白を呼んできてほしい」

トーファは大きく翼を広げると、任せろと言わんばかりに高く啼《な》いた。すぐに窓から飛び立ってゆく。

「……トーファが夜目が利くというのは……」

「吾の気を吹き込んだせいだな」

体の大きさといい、龍と同じ速度を出すことといい、夜目が利くことといい、あのインコはそのうち化鳥《けちょう》になってしまうかもしれない。

「真白に書類の話をするのか？」

「勿論だ。この書類に全て書いてある。後宮の放火計画、その後の復興に劉商会の木材を使う約定。劉商会会長の名前と印、そして範常照の名と印。これで範を葬れる、完全に」

蒼薇はちらっと目をあげて、怜景の肩の上あたりを見た。

「お主の背の悪霊たちが大騒ぎしているぞ」

「ああ、だが今日で最後だ。好きにさせるさ」

怜景は背の重み、痛みに耐えて笑った。

「これで俺の復讐は終わりだ……」

真白はすぐにやってきた。途中で警司処に寄ったのか高も連れてきている。

「怜景、蒼薇師！　留守だったと聞いたぞ」

真白は心配そうな顔をしていた。急いで来たのかわりと雑な格好をしている。高に至っては制服の上を脱いだだけだ。

「ああ、ちょっと捜し物をしててな」

「捜し物?」

「劉商会が竜巻に襲われたことは知っているな?」

高はもちろん、真白もちゃんと知っていた。街中で大きな屋敷がひとつ潰れるような大事件だ。噂になっているのだろう。

「あのとき商会の中のものは全部風にさらわれた。俺と蒼薇はその風を追って、ぶちまけられたものを捜したのさ」

「なんだって!?」

「そんなことができるのか?」

真白も、常に冷静な高も驚いたらしく、椅子から腰を浮かした。

「たまたまその竜巻の日に近くにいて巻き上げるのを見ていたんだ」

苦しい言い訳で、さすがに真白も高も疑いのまなざしを向ける。怜景は無視して話を進めた。

「それでこれを見つけた」

怜景は卓の上の杯や皿をどかし、何枚かの書類を置いた。真白と高は一目見てわかったらしい。二人の顔が緊張にこわばった。

「劉商会と範常照の約定……」

「ここを見てくれ」

怜景がある一文を指さす。それを読んだ真白の唇がぴくぴくしながら持ち上がり、こわばった笑みが浮かんだ。

「……やつら正気か？」

そこには後宮に放火する日時と方法が記されていたのだ。

「劉商会の屋敷が竜巻でなくなったために、もしかしたらこの計画は延期されるかもしれない。だが、そのまま決行するとしたらそれは明日の夜だ。すぐに警司処に動いてもらいたい」

怜景が言うと高は腕を組んだ。黙っている。

「どうした、高警士。この書類を証拠として連中を抑えることができるだろう」

「できるが……」

高は目を閉じ、やがてその冴《さ》えた目で真白と怜景を見据えた。

「明日まで待とう」

「なんだとぉ!?」

真白と怜景が同時に叫ぶ。

「明日は放火当日だぞ！」

「火がかけられるんだぞ！」

声を揃《そろ》える二人に高はかみそりのような笑みを向ける。

「だからだ」

怜景は真白を見た。真白も怜景を見て、兄に視線を向ける。

「後宮に火をつけるのを黙って見てろと？」

「火がかけられるのをわかっているなら、消火の準備をしておけばいい」

高は幼い子供に言うようにゆっくりと言った。

「明日、計画が行われるかはわからないが、万が一、やつらが決めたとおりにするならその決行の場を押さえた方がいい。この証拠だけより、実際に後宮に害をなしたという状況でより重い刑にできる」

「そうか……」

犯罪《テロ》計画を企てているだけより、実際犯した方が重罪だ。極刑もあり得る。確実に範の息の根を止められる。

「……っ！」

そう考えた途端、背に刺すような痛みが走り、怜景は呻いて前のめりになった。

「怜景？　どうした」

「いや……大丈夫、だ」

怜景は肩を押さえ、大きく息を吐いた。頼むから大人しくしていてくれ……。

と、不意に背が軽くなる。顔をあげると蒼薇がそばに来ていた。

「怜景、すまん。遅れた」

今日蒼薇はもう一人客が入っていて、真白たちが来る間対応していたのだ。

蒼薇はパンパンと怜景の背を軽く叩く。一叩きごとに悪霊が散っていくのがわかった。

ふうっと大きく息を吐き、怜景は心配そうな真白に顔を向けた。

「大丈夫だよ、兵長」

「今回のことで無理したのではないのか？」

真白の眉の間の不安は消えない。怜景は笑って見せた。

「まあ大変だったのは確かだ。屋敷一つ分のゴミの山の中から紙切れ一枚を捜し出したんだからな」

「すまない、怜景。感謝する、この通りだ」

真白は膝に手を置いて頭を下げた。怜景はあわてて、

「気にするな、俺がやりたくてやったことだ」

「――なぜそこまで」

高が鋭い目で怜景を見つめる。

「お前は後宮にそれほど思い入れがあるわけではないだろう。正義、のために動いた

とも思えない。なぜそこまでする？」

「なんだ？　俺にだって義の心はあるんだぜ？　あんただってそうだろう」

　茶化したように言ったが高の視線は動かなかった。内臓まで見透かそうとするかのような目だ。怜景はため息をついた。

「……俺は範に個人的な恨みがあるのさ」

「個人的な恨み？」

「範は――俺の両親を殺したんだ」

　その言葉に真白と、さすがに高も驚いたようだった。

「なんだと？」

「それが事実なら殺人罪で捕らえることができるぞ」

「いや、無理だ」

　怜景は首を横に振る。

「なぜだ」

「範が、一二席になる前、別の国の大臣だったというのは知っているか？」

「ああ、聞いたことがある。十数年前の戦で滅んだ国だな。それを平定し、領にした功績で一二席に就いたとか」

「範の犯罪はその国で起こったことだからだ。華国の法では裁けない」

「そうだったのか。お前はその国の住人だったのか」

「ああ、国の名は帛。俺は——」

口を開け、だが怜景はまた首を振った。

「俺はその国の住人だった」

「なるほど。お前の名前の読みが怜景《レイケイ》なのは故郷の名残か」

華国では一般的に怜景はリィェンジンとなる。高は読みの違いに気づいていたらしい。

「そうだ。だから俺は個人的な怨嗟《えんさ》で範を追い落としたい。これで納得できたか？」

高は鼻から長い息を吐き出した。

「わかった。嫌な言い方をして済まなかった」

「気にするな」

怜景は真白に言ったのと同じ言葉を返した。真白が労《いたわ》りに満ちた目で見つめてくる。その瞳は温かく柔らかく、怜景を包んだ。

「では明日の夜、俺は仲間とともに後宮の裏で張っている。上司に言えばすぐに捕らえようと動くだろうから、あくまで偶然通りかかって捕らえたということにしよう。人数は少ないが精鋭を連れてゆく」

高が計画を話した。真白もうなずいて、

「私も花練兵にそのあたりを重点的に巡回させるようにしよう。時間が書いてないのが厳しいな」

「おそらく街が寝静まる真夜中から明け方にかけてだろう。消火させないことが重要だからな」

「方法までは書いてないが、あの広大な後宮を燃やすのは並大抵じゃねえぞ。どうすると思う？」

「そうだな」

高は両手を顔の前であわせ、とがった鼻先をつっこんだ。

「俺が後宮を燃やすなら火矢を使う。矢に油の入った薄い陶器をぶら下げて、割れると同時に炎をまき散らす」

「兄上……」

「物騒だな、おい」

高の言葉に真白も怜景も鼻白んだ顔をして身を引いた。

「あとは後宮の中に手のものを交ぜておけば、より効果的だ」

「放火の仲間がいると？」

真白が驚いたように問う。

「おそらく必ずいる。前の赤牛を真似るかもしれない」

「牧舎の見回りを多くしよう」

真白が自分に言い聞かせるように言った。高は顔をあげて怜景を見た。

「今までの働きには感謝している。だが、明日は来るなよ、危険だからな」

おっと、と怜景は胸のうちで唸《うな》る。心を読まれた気がした。

「勿論行かないさ、俺は荒事は嫌いだからな。な、蒼薇」

蒼薇の肩を叩くと蒼薇もにこりとしてうなずいた。

「もちろんだ、あも、あらごとは、きらいだからな」

まったくの棒読みだったので、高が信じたかどうかはわからない。

六

後宮は王宮の敷地の中にあるが、後宮の最奥は自然そのままの雑木林となっている。林の手前を耕して畑や田が作られ、牧舎、鶏舎もそこにあった。

この場所は後宮の各館からも離れているし、夜になれば牛や豚の出産などがない限り、人も立ち入らない。

もちろん王宮の兵士たちは城壁の外を常時見回りしているが、まれに無人になる時間もあった。その時間——。

真夜中から二刻過ぎた頃、カラカラと小さな手押し車を押した集団が城壁に近づいてきた。

一〇人ほどもいるだろうか、彼らは城壁に小さなはしごをかけた。そのはしごはするすると伸びて、あっという間に城壁の突端にとりつく。黒服の男たちは一人を残してそのはしごを登り出した。まるで蟻《あり》の群れのように冷静に慎重に登る。

城壁の上までいくと、今度はかぎ爪のついた縄を壁の上にとりつけ、それを滑り降りて塀の内側に入った。驚くほど手際がいい。

集団は暗い雑木林の中を走り、畑を横切り牧舎についた。牧舎の前では女が一人待っていた。手に小さな蠟燭《ろうそく》を持っていて、それを左右に揺らしている。

「首尾は」

駆け寄った黒服の首領《リーダー》男が言った。

「万事予定通り」

女が低い声で答える。

「よし、牧舎を開けろ。牛を放す」

男の声に配下の黒服たちが牧舎の扉のかんぬきに手をかけた。鉄の支えにはめられている横木をどかすと扉が重い音を立てて開く。

中に光が見えた。松明をつけられた牛が今にも飛び出そうと——。

「なにっ！」

牧舎の中には松明を持った花練兵たちが弓を構えて立っていた。いっせいに弓が放たれる。

「うわっ！」

「ぎゃっ！」

弓を受けて何人かが倒れた。しかし敵も修羅場には慣れているのか、腰に差した長剣で弓を弾く。

「貴様！」

最初の黒服が蠟燭を持った女に叫ぶ。

「裏切ったか！」

「裏切りはそちらだろう」

女は蠟燭を男の足下に投げた。まとっていた薄衣を脱ぎ捨てると、そこには革鎧に長靴の花練兵兵長の姿がある。

「後宮を汚すということは王宮を汚すこと、お前たちは華国に弓引いたのだ！」

ぼっと小さな破裂音がして雑木林で火の手があがる。黒服が爆発物を使ったらしい。

真白が叫ぶ。

「半分は消火にかかれ！　残りは賊を追え！」

花練兵は逃げ出した黒服の男たちを追いかけた。男たちの何人かは弓に倒れ、また何人かは剣を抜いて花練兵を蹴散らそうとしたが、さすがに多勢に無勢で取り押さえられてしまう。

しかし逃げ切ったものもいる。黒服の首領、そしてもう一人。だが、壁の上にあがった男たちは下に警士たちがいるのを見た。

「観念しろ！」

龕灯《がんとう》を掲げて叫んだのは高警士だ。下に残していた男もすでに取り押さえられている。

「くそっ！」

黒服たちは壁の上を走る。その姿めがけて後宮の内側から矢が射かけられた。壁の外側では警士たちが追いかける。

「逃げられんぞ！　じき王宮の兵士たちも駆けつける！」

下から高が怒鳴る。黒服は覚悟を決めたか、かぎ爪つきの縄を壁にひっかけて、外側に降りた。警士たちのほうが花練兵より数が少なかったからだ。

「武器を捨てろ！」

取り囲んだ警士が叫ぶ。警士の得物は長剣と槍《やり》。飛び道具はない。それを見て取った黒服の手に分銅のついた鎖がじゃらりと垂れる。

「退がれ！」

高が叫んだのと鎖が唸りを上げて警士を襲ったのは同時だった。高の部下が、一人は額を割られ、一人は顎を打ち砕かれその場に倒れた。

黒服は鎖を手元でブンブンと廻《まわ》しながらじりじりと高に近づいた。高は長剣を顔の前に横一文字に構え、それをもう一方の手で支えた。おそらく剣は搦《から》め捕られる。だが、それが敵の動きを封じる結果になる。ただもう一人の敵がどう動くか。

高が足を引いて飛びかかる気配を見せると黒服の分銅が飛んだ。ジャリリと鎖が剣を絡める。

高は絡んだ鎖をぐいっと自分の方へ引き寄せた。そうされまいと黒服が両手で引っ張る。力が拮抗《きっこう》したとき、もう一人の敵が剣を抜いて飛びかかってきた。だが。

ガキンッと固い金属が打ち合う音が響き、高のそばで誰かが剣を受け止めていた。

「貴様……っ！」

高は呻いた。それが怜景だったからだ。

「来るなと言っただろうがっ！」

「警士が三人じゃ手が足りないだろうと思ってな」

打ち合った剣が離れる。黒服の配下は旋風のように剣を振り回し、怜景に迫った。

それを怜景はよく受け止めた。一撃一撃は重いはずなのに、打ち合う音は涼やかで澄んでいる。

怜景は受けながらじょじょに相手との間合いを詰め、腕一本分まで近づいたところで剣を滑らせ跳ね上げると、長い足を相手の胴体に叩き込んだ。

たまらず男が剣を放り出し倒れる。怜景は飛んできた剣を受け取り、二本の剣を交差させて倒れた男の首を挟んだ。男は地面に縫い留められ、動けなくなる。

振り返ると、剣を捨てた高が拳を黒服の顔面にぶちこんでいるところだった。

「……残りはみんな後宮の中か？」

怜景は手を振って血を払っている高に尋ねた。

「そうだ」

そこで高は気づいたような顔をした。

「お前、どこから来た？」

高にしてみれば怜景は忽然《こつぜん》と現れたようなものだ。足音もしなかったし、付近にいたとも思えない。

「そのへんに隠れていたのさ」

怜景の言葉に高は一瞬疑わしげな顔をしたが、すぐに眉根の険を払った。

「まあいい、助かったことは事実だ。もう一人はどうした」

「ああ、あいつは来てないよ。大丈夫だ」

「そうか、お前たちはいつも一緒だと思っていたのでな」

高は黒服とその配下を縛り上げると、まだ倒れている部下たちのもとへ戻った。壁の内側では花練兵の勝ちどきが聞こえる。全員捕らえたのだろう。

「よし、帰ろう」

そう言うとそばにあった背の高い木の上の方ががさがさと揺れ、蒼薇の白い貌《かお》が現れた。

「もう仕舞いか？」

「そうだ。降りて来いよ」

蒼薇の体が胡蝶《こちょう》のようにふわりと地面に舞い降りる。

「怜景と吾はいつも一緒だと思われていたな」

蒼薇は嬉しそうに言う。

「お前が危なっかしくて俺がついてないとだめだって思われてるんだ」

「吾は危なくなんかない。今日だってちゃんと怜景を送ってきた」

蒼薇と怜景は高たちの頭上にいた。捕り物が始まったときに木に登り様子を窺っていたのだが、相手が鎖を取り出したのをみて怜景が焦った。

「蒼薇。俺を高のそばに飛ばせるか？」

「やってみよう」

蒼薇は怜景の背中を強い力で突き飛ばし、彼が地面に落ちる寸前、風で巻き上げて制動《ブレーキ》をかけた。文字通り、怜景は降って湧いたのだ。

「吾も捕り物に参加したかったな」

「お前は強すぎるからだめだ。こういうのは人間がちゃんと捕らえなくちゃいけない」

「つまらないな」

蒼薇が口をとがらせる。

「すねるな。明日、饅頭ご馳走してやるから」

「本当か？」

ぱっと蒼薇の顔が明るくなる。怜景は苦笑して、蒼薇の青銀の頭をぐしゃぐしゃとかき回した。

「なにをするのだ」

蒼薇が頭を押さえて文句を言う。

「いや、お前はかわいいなと思ってな」

「かわいいというのは子供に言う言葉だ」

「大人に言ってもいいのさ、龍に言ってもな」

馬鹿にされたと思ったのか蒼薇はむうっと口をへの字にする。怜景は笑って蒼薇の肩を叩き、伽蘭街へと足を向けた。

終

後宮への放火事件は華国を震撼《しんかん》させた。しかも理由が一材木商の儲《もう》け目当て、そして一二席がその利権に加わっていたことも大きな反響を呼んだ。

劉商会の会長は敷地及び財産没収（建物は先日の災害でなくなっていたため）の上収監、範常照は一二席を追われ同じく収監。実際に後宮の敷地を一部焼いたということで、二人は極刑に処せられることとなった。

ちなみに小麦の入荷に関しては彼らの仕業ではなく、単純に流通経路でひどい土砂崩れがあって、遅れているだけだった。

極めて速い進行《スピード》で刑が確定し、二人の死刑は決まった。華国において死刑は斬首である。

冬に足を踏み入れたその日は、雲一つない快晴で、爽やかな風が吹いていた。

石畳の上に流された血も水で流せば、一刻あれば乾いてしまうだろう。

早朝、怜景は窓辺に座り、王宮の方角に目を向けていた。王宮敷地内には公共の施設もあれば処刑場もある。見えるはずはなかったが、それでも眺めてしまう。

復讐の相手は今首を刎《は》ねられた、これですべてが終わりだ。

「怜景」

寝台でトーファと戯れていた蒼薇が声をかけた。

「元気か？」

「……なんだそれ」

見当違いな言葉に怜景は笑って振り向く。どう声をかけていいのかわからなかった蒼薇の精一杯の言葉なのだろう。

「ああ、元気だよ」

「これで怜景の復讐は終わったのか」

「そうだな」

「だがそれでも……」

蒼薇は眉を寄せて怜景の肩辺りを見る。怜景にもわかっていた。まだ霊がしがみついているのだ。

「これ以上どうしろって言うんだ」

怜景は肩を押さえた。自分に一日たりとも復讐を忘れさせまいと霊たちは背中で蠢いていた。その復讐はこの晴れやかな空の下で終わったのだ。終わったはずだ。

「怜景、お主には残念な話だが、彼らはもう意志もなにもない」

蒼薇は寝台から降り、うなだれる怜景に近づいた。

「ただ、晴れぬ恨み憎しみをばらまいているだけだ。お主には大切な人間だったのだろうが、もう離したほうがいい」

「……」

「もちろん、お主次第だが」

怜景は顔をあげた。まっすぐに蒼薇を見る。

「祓えるか？」

「ああ、勿論だ」

蒼薇が近づくと霊たちは恐れおののき怜景の中に隠れようとする。だが蒼薇の手が怜景の肩に乗った瞬間、吹き飛ばされてしまった。

蒼薇はさらに彼らを散らした。冬の乾いた空気の中に、全ての生き物が還《かえ》る天の彼方《かなた》に。

「これでもう戻ってはこない」

蒼薇は窓の外を見た。怜景も見た。なにかがちらちらと見えた気がしたが、それもじき消える。

「ああ……」

怜景は肩を大きく持ち上げ、すとんと落とした。

「軽くなった……」

「うむ」

蒼薇は怜景と同じように窓枠に座り、まだ眠っている伽藍街の街並みを見つめた。

トーファが羽ばたいてきて、どすんと蒼薇の肩に止まる。

「怜景」

「うん？」

怜景は蒼薇の顔を見たが、蒼薇は視線を街へ向けたままだ。

「吾は……旅に出ようかと思っている」

「なんだって？」

驚いて、思わず窓枠から降りてしまった。

「もともとこの街には友の子孫を捜す旅の途中で寄っただけだ。ずいぶん長居をしてしまったが、そもそもの目的を果たさないと」

「……そうか」

「うむ」

答える蒼薇の肩の上で、インコが窺うようにその顔を覗き込んだ。

「そうかー残念だなあ」

怜景は伸びをすると、窓枠に手を置き、窓の下に目をやる。

「冬に入るとなあ、とろりとした乳のスープにやはり乳を発酵させて作ったチーズの入った饅頭を浮かべる料理が出るんだがなあ」

「え……」

怜景は明るい調子で続けた。

「他にも餡かけ饅頭や、冬だけに食べる芋饅頭なんかがあるんだけど、そうかーそれを食べていかないのかあ」

「ちょっと、待て」

怜景は窓辺から離れ、部屋の中を歩き出した。

「魚出汁《さかなだし》の中に浮かべた小さな饅頭もうまいんだけどなあ」

「いや、やめる。旅はやめる」

蒼薇がそのあとをついて回る。トーファもバタバタと翼を振ってついてきた。怜景は振り返り、にんまりとする。

「おやおやぁ、友人の子孫は捜さなくていいのかな?」

「いやまだ時間はあるし、その饅頭を食べてからでもいいだろう」

「ふーん、ほお――う」

怜景は部屋から出た。蒼薇が焦った様子でついてくる。もちろんインコも一緒だ。

「蒼薇」

階段の途中で怜景はくるりと蒼薇を振り向いた。

「人間の寿命はたかだか八〇年ほどだ。そのくらい龍にとっては一瞬だろう？」

「あ、ああ」

怜景は階段の一段下から蒼薇を見上げた。薄暗いこの場所で、蒼薇の白い貌が輝くようだ。

「だったら、もう少し街にいろよ。そんでいつか俺と旅に行こうぜ。俺がいれば各地の食い物には困らんだろうよ」

「怜景……」

怜景はぐいっと腕を伸ばして蒼薇の頭を抱え込んだ。蒼薇の花びらのような耳に口をつける。

「友人の頼みだ。聞いてくれ」

「……」

怜景は蒼薇から手を離した。向き合って視線を絡める。蒼薇はじっと怜景を見ていたが、やがてふっと笑った。

「なんだ、怜景。吾と別れるのがそんなに寂しいのか」

「な、なんだと!?」

「今のお主の顔、真白に見せてやりたかったな。とても上級隼夫《トップホスト》とは思えない情けない面《つら》だ」

「う、嘘だ！」

「ははは」

蒼薇は階段を駆け下りた。今度は怜景が追いかける。インコは落ちるような勢いで下を目指した。

「この嘘つき龍！　訂正しろ！」

「いやだね」

一番下まで下りて、蒼薇が腰に手を当てる。その肩の上に、同じように反っくり返ってトーファが止まった。

「怜景、吾はあと一〇年、二〇年、いや、一〇〇年だってここにいてやるぞ。嬉しいか！」

「そんなにいたら俺がじじいになっちまわあ！」

わあわあと怜景が声をあげて蒼薇を追いかける。蒼薇は扉を開けて伽蘭街へ飛び出した。怜景も走る。

花の都、夢の国、愛と欲望の街、伽蘭街。

そこには不思議な龍と売れっ子隼夫がいる。あなたが赤いランタンの夜に訪ねれば、二人はきっと笑顔で迎えてくれるだろう……。

――本書のプロフィール――

本書は書き下ろしです。

小学館文庫

妓《ぎ》楼《ろう》の龍《りゅう》は帰《かえ》らない
華《か》国《こく》花《はな》街《まち》鬼《き》譚《たん》

著者　霜月《しもつき》りつ

二〇二五年一月十二日　初版第一刷発行

発行人　庄野　樹
発行所　株式会社　小学館
〒一〇一-八〇〇一
東京都千代田区一ツ橋二-三-一
電話　編集〇三-三二三〇-五六一六
　　　販売〇三-五二八一-三五五五
印刷所――中央精版印刷株式会社

造本には十分注意しておりますが、印刷、製本など製造上の不備がございましたら「制作局コールセンター」（フリーダイヤル〇一二〇-三三六-三四〇）にご連絡ください。（電話受付は、土・日・祝休日を除く九時三〇分～一七時三〇分）本書の無断での複写（コピー）、上演、放送等の二次利用、翻案等は、著作権法上の例外を除き禁じられています。本書の電子データ化などの無断複製は著作権法上の例外を除き禁じられています。代行業者等の第三者による本書の電子的複製も認められておりません。

この文庫の詳しい内容はインターネットで24時間ご覧になれます。
小学館公式ホームページ　https://www.shogakukan.co.jp

©Ritu Shimotuki 2025　Printed in Japan
ISBN978-4-09-407428-4

えんま様の忙しい49日間

霜月りつ

イラスト　スオウ

古アパートに引っ越してきた青年・大央炎真の正体は、
休暇のため現世にやってきた地獄の大王閻魔様。
癒しのバカンスのはずが、ついうっかり
成仏できずにさまよう霊を裁いてしまい……。
にぎやかに繰り広げられる地獄行き事件解決録！

CHARABUN
キャラブン！
小学館文庫

あやかし斬り

千《ち》年《とせ》狐《ぎつね》は綾を解く

霜月りつ

イラスト　新井テル子

蘭方医術を学んだ武家の多聞と
謎めく美貌の薬売りが、
化け物事件の裏に隠された“綾”を追う！
魂を狩る妖狐の願いを描く
和風ファンタジー！

CHARABUN
キャラブン！
小学館文庫

妓楼の龍は客をとらない

華国花街鬼譚

霜月りつ

イラスト　亀井高秀

夢と快楽を与え、男と女の欲と金を吸い上げる
華やかな色街・伽藍街。
売れっ子隼夫（ホスト）として暮らす怜景は、
長い眠りから覚めたばかりという古龍と出会い⁉
華風花街ファンタジー！

CHARABUN
キャラブン!
小学館文庫